无一例外

鄢敬诚　著

中国海洋大学出版社

· 青岛 ·

此书曾荣获"2019青岛好书榜"

谨以此书敬献给我亲爱的父亲母亲

我的父亲鄢天祥先生（1920—2018）

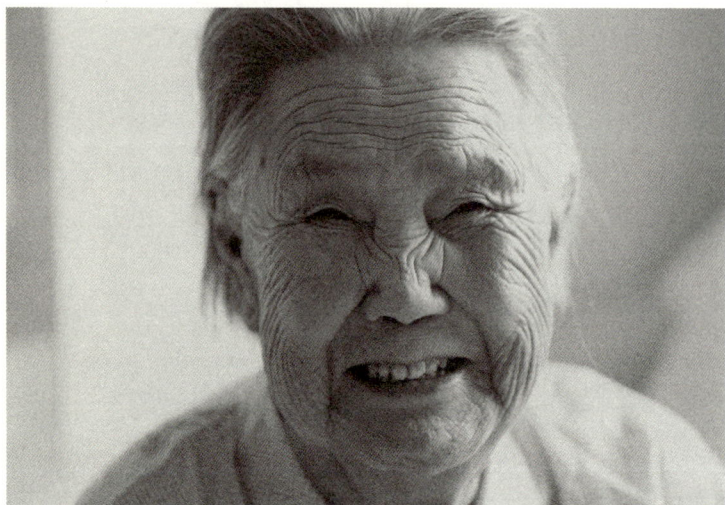

我的母亲曲凤侠女士（1922—2014）

题 记

人类的生命从哪里来

最终又要到哪里去

这是一个哲学命题

始终在探究中

至今没有答案

但是

生命却因短暂而珍贵

这是客观的真实

君来无语

君去无声

每一个来到世上的人

无论你生前是谁

官有多大

权有多盛

钱是多富有

貌是多美丽

哪怕是微小的生命

未知的寂寥旅程

人生自古谁无死

虽然

各有其梦想

一千个人有一千个人的死法

一万个人有一万个人的活法

但是

一切物质的财富

都是暂时的拥有

生不能带来

死不能带走

因为

生命都终将逝去

唯有

思想的

精神的

历史的

财富

永恒传流

无一例外

2021年3月18日

子实于青岛逍遥轩东窗书屋

君不见，黄河之水天上来，奔流到海不复回。　鄢敬诚　摄

序　言

2021年的7月1日，中国共产党将迎来百年华诞，这是中国历史上伟大而光辉灿烂的纪念日。一百年来，中国共产党带领中国人民，前赴后继，浴血奋战，励精图治，改革发展，不断开创出惊天动地的伟大业绩，必将彪炳史册。在纪念中国共产党建立一百周年之际，作者深入挖掘青岛党史上的标志性历史事件，深入阐释其历史意义和现实价值，穿越百年壮阔征程，回望早期中国共产党人在青岛工作、战斗的峥嵘岁月和革命故事。传承红色基因，感悟奋斗精神，汲取前进力量。

如果父亲仍然健在的话，那么，2021年的农历五月七日，将是他的101周年诞辰日。

《无一例外》一书是2019年，为纪念父亲逝世一周年和母亲逝世五周年而创作的。当时，只印刷了内部交流手册，并于2019年的12月1日下午，在青岛市图书馆举行了读者交流会。令我不曾想到的是，承蒙青岛市图书馆抬爱，这本用于内部交流的书籍，参加了"2019青岛好书榜"评审并最终获奖，成为青岛当年的30本好书之一。

时光荏苒，飞逝而过，眨眼间，2021年的8月5日，父亲离世三周年，母亲离世也将近七周年了，在这人生短短的一瞬间，我也在学习和生活的实践中，再次得到历练。

2019年11月8日记者节前夕，我终于如愿以偿地获得了中华全国新闻工作者协会授予的"从事新闻工作三十年，为社会主义新闻事业做出积极贡献"的中国新闻行业的荣誉证书和纪念章。这一荣誉的取得是与党的培育、父母的谆谆教诲分不开的，后辈们的进步，应该是父辈最愿意看到和听到的。所以，我愿在此，把这样的消息说给他们听，以告慰他们对我们含辛茹苦的栽培和殷切期望！

2020年5月，在各位作家和朋友们的鼓励、支持、帮助与积极推荐下，我顺利地加入了山东省作家协会，完成了我人生道路上的又一个心愿，并以此为契机，正在积极认真地准备相关资料，在山东省摄影家协会会员和山东省作家协会会员的基础上，适时申报中国摄影家协会和中国作家协会，以激励自己今后能够进行更多艺术与文学创作，更好地完善自己，不断努力地学习、实践、完成更加优质的作品创作。

2021年3月18日凌晨1时

子实于青岛逍遥轩东窗书屋

写在前面

　　《无一例外》这本书的创作主题是：人品；人格；人性；人生。

　　其主题内容的展示，全部采用近年来自己创作的一些诗词歌赋、散文随笔、影视评论3个方面的作品，并加以串联，是以杂文体分篇形式，加以整体综合表述的。

　　我对自己从小深受父亲熏陶而爱好诗词歌赋和文学这一点是毋庸置疑的。但是，今生最大的憾事，就是没有机会在全日制大学殿堂里的学习享受。尽管1993年3月曾入北京广播学院（现为中国传媒大学）电视系进行专业进修，也住研究生宿舍，吃学生食堂，但是，总是缺乏了全日制大学的学习氛围和系统化的学习研究。所以，我的爱好来自积累。除了受到父亲的影响和教诲及小学、初中、高中的学习之外，就靠北京语言文学自修大学邮寄学习材料和山东师范大学青岛夜大学的中文系专科、本科的学习，业余时间的自学读书对我的受益很大，常年坚持不辍。

由于没有足够的悟性，没有真正系统化的深入学习与了解，因而，对于诗词歌赋的修辞、词牌、格律、韵仄等文学常识的运用和认识程度，就如同对当官、金钱、数字智能的认识程度一样，不知一二，尽管我从未放弃过学习！

所以，我的"诗词歌赋""散文随笔""影视评论"，都是内心感动的结果。正如叶嘉莹先生在其《什么样的诗才算好诗？》一文中所表述的那样：一是要有兴发感动的力量；二是要表达自身内心的感动。叶先生引用《毛诗·大序》说："情动于中而形于言"，没有你自身内心的感动，你就不能写出好诗，我非常赞同叶先生与古人先贤的观点。

叶先生阐述说：人心受外界事物的感动，有两种因素，一种是大自然的因素，一种是人世间的因素。

叶先生还引用了杜甫的一句诗"群鸡正乱叫"，是杜甫经历了"安史之乱"，经历了不知家人妻子生死存亡的长期隔绝和分离，回到自己家中写成的诗句，用来与别人的诗句进行了所谓的"好诗"与"坏诗"对比。

叶先生进一步阐述说：只是用眼睛去看，没有用心去感受，尽管也学会了描写的技巧，写出了漂亮的句子，然而这不是好诗，因为它只有文字和技巧而缺乏诗歌应有的生命。

因而，我也就不惧自己贻笑大方的写作了，还是留待各位专家、学者、读者朋友们批评指正吧。

其实，在2017年为纪念去世三周年的母亲，由山东画报出版社出版的《生死尊严——与在天国母亲的七次对话》正式发行后，我曾对阅读此书的父亲说，书中基本上的内容都涉及了，该写的也写了，将来假如"百年"之后，就不再写作出版纪念书籍了！父亲对这样的决定很满意，明确表示不要再去牵涉精力写什么纪念文章了！然而，当父亲于2018年8月5日清晨猝然离世后，我依旧难掩心中的悲伤和依依不舍，还是在他的"百日"之际写下了《兰赋》，随即又写下了《海葬》。2019年春节时，我为父母买来他们生前喜欢的墨兰和水仙，时至今日，墨兰依旧翠绿茁壮，按时浇灌，花香四溢，清气满园。

八大关太平角的大海，也是我出生成长的地方，再过若干年，当我也"百年"之后，我也同样回到这个生我养我的故乡，与父母在此相聚，以解我相思之情。

我此刻想到了唐代诗人罗隐在《筹笔驿》中的句子：

时来天地皆同力，运去英雄不自由。
惟余岩下多情水，犹解年年傍驿流。

本书汇集了父母的教诲，相互的情感，还有我近年来的学习汇报。

人世间没有任何一样东西，可以超越父母对儿女的依恋与情怀！

这一点，至少我自己是坚信不疑的！

2019年5月6日
子实于青岛逍遥轩东窗书屋

目　录
CONTENT

影视世界篇

诗词歌赋篇

散文随笔篇

不惧孤独者，从来就不孤独。

人，应当在不断学习中，尽情享受孤独。

——2019年5月11日子实自悟语句

回归故乡

今天，2019年的5月4日，是一个非常值得纪念的日子。在中国的山东青岛，伴随着第一缕晨光的到来，我们迎来了曾经震撼世界历史的五四运动100周年纪念日。

中国山东青岛，是100年前1919年"五四运动"爆发的导火索。中国人民特别是热血青年学生在中国工人阶级的声援下，抗议"巴黎和会"上分割中国青岛的土地，不允许世界帝国主义掌握中国人的命运。

于是，一场波澜壮阔的高举爱国主义、民族主义大旗，以科学的、民主的反帝反封建的民族精神和全国运动由此发端。

从那时起，在国际共产主义运动思想的传播影响下，以马克思列宁主义为指导方向的中国共产党，为1921年的正式诞生，进行了组织上和思想上的准备。

党和国家对待父亲这样的党的地下工作者、抗战功勋，离休后非常重视和关怀，给予了很好的待遇

父亲鄢天祥出生于1920年的农历五月七日，与母亲曲凤侠（原名曲秀英，1922年农历十月二十五日出生）在1944年农历八月十日结为伉俪。父亲和母亲在一起经历了风风雨雨整整70年，直到2014年10月28日母亲故去。

2005年，父亲荣获中共中央、国务院、中央军委颁发的纪念抗战胜利60周年金质纪念章

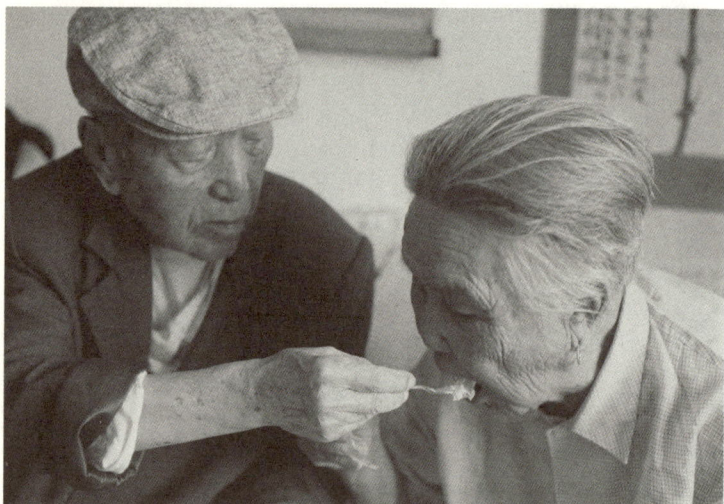

父亲母亲相濡以沫

太平角一路故乡的海边

　　2019年的8月5日，是父亲去世一周年纪念日。我们全体儿女将遵照父母二老生前的愿望和嘱托，于2019年10月27日，也就是母亲五周年纪念日的前一天，同日先后举行海葬和墓葬，请二位老人家回归他们盼望已久的故乡。

　　我们每一个人，从出生时所期盼的百年人生，都将随着岁月的流逝，拥有自己内心的故乡和归宿地。

　　这一点，我的父母也无一例外。

　　在母亲的心中，青岛八大关太平角一路的大海，就是她的故乡之所在。

　　父母对太平角一路7号和13号的"赤松小舍"，依依不舍，人生几十年的故事都是从这里开始讲述的。

　　特别是母亲，她对太平角的感情始终是充满着故乡般的眷恋。

2015年，父亲荣获中共中央、国务院、中央军委颁发的纪念抗战胜利70周年金质纪念章

因此，她生前曾多次嘱托，并让我用文字记录写成遗嘱封存，待"百年"之后，回归太平角故乡的大海！

父亲尽管同意母亲海葬的意愿，但他还是想回到爷爷奶奶的"身旁"，去陪伴他的父母双亲，这个心愿也是非常地合情合理。

中共中央、国务院、中央军委分别于2005年和2015年颁发给父亲"纪念中国人民抗日战争胜利"60周年、70周年金质纪念章两枚，以表彰父亲参加血战台儿庄战役之功勋。

父亲觉得革命几十年，不仅没有在家中很好地尽一个儿子的孝道，反而多次连累爷爷险些危及生命，他感动、感激、感恩父辈们的付出，觉得亏欠长辈太多太多！

因此，父亲的遗嘱是要"百年"后，回到李村下王埠的故乡，永远陪伴在爷爷奶奶的身旁。

这样的话，矛盾来了。父母都想回到他们心中的故乡，那么，他们相依为命70年的人生，难道在他们"百年"之后要"分离"吗？！

这样的话，我们这些经过二位老人繁衍抚育的几十名后代，从情感上，在现实中，都难以接受他们"百年"身后的分离！

父亲生前患难与共、亲密的朋友之一，86岁高龄的杨经典叔叔，既是一位耄耋老人，一位真正的老艺术家，也是我青岛电视台的同事杨晶晶老师的父亲。

2018年8月21日，就在父亲走后的"三七"21天，当杨叔叔从杨晶晶老师那里获悉父亲故去的消息后无比悲伤，第一时间打来电话，安慰我一个多小时。

夕阳下的太平角一路

杨叔叔说：几十年的人生，让我明白了，"顺其自然"是人生处事的最好理念！

杨叔叔的话语，仿佛点亮了我妥善安置父母"百年"身后事的指路明灯！

于是，在父亲"百日"纪念仪式结束后的现场，我提出了建议：请父母双亲先一同回归青岛八大关太平角的故乡海葬。同日上午，再一同回归李村下王埠的故乡墓葬，陪同爷爷奶奶们，这样的选择，既可以让父母永远在一起，也可以满足他们心中想要回归故乡的愿望。

多地多种方式安葬故人，无论是在中国，还是在世界上，也早已有先例。

我的建议得到了大家的一致同意。

2019年3月28日清明节前，给父母扫墓纪念时，便把2010年大姐监督封存起来的父母的遗嘱副本，让各家签名后领回，以便大家能够仔细领会父母的嘱托。

2018年的8月5日父亲去世后，我也将由父亲题写书名的《生死尊严》一书与父亲的遗骨存放在一起，并在父亲"百日"之际，将含泪撰写的纪念文章《兰赋》和在2019年春节"请年"之前，自己倾情撰写的《海葬》一诗，与父亲母亲分别安放的遗骨存放在一起，仿佛是我时时刻刻都服侍陪伴在父母双亲的身旁一样……

2019年4月16日，强功兄长、京秋弟弟来勘察墓地，随即，我与原青岛嘉峪关学校的老同学安润泉联系，经他联系青岛福宁园工程师，几经多次仔细研究，那块由强功兄长早年赠送、父母一直十分喜爱的海底观赏石，可确立为父母的立碑石料，使其永远陪伴在老人身旁。碑文将用隶书篆刻"父母双亲，永世长存"金色字样，让大家记住父母带给我们的永世恩情！

依据强功兄长选好的日子，2019年4月21日早晨7时50分，由京秋弟弟雇请的施工人员到位，按照民俗，由我先开挖三镢头，随即顺利施工。

用大理石板拼插成的墓穴，干净整洁。强功兄长用正宗的大红布包裹了老酒各一瓶，安放在刚刚建好的墓穴中，并掩盖完好后，待日后安葬时启用。

父母的墓基坐落于爷爷奶奶墓基正面左侧，被三棵高大翠绿繁茂的青松树呈三角形环抱。

就这样，我们提前半年，筹划好父母双亲海葬和墓葬的全部仪式和规则。

2019年5月29日深夜零时01分
子实于青岛逍遥轩东窗书屋

父母的"老人言"

人品：人的品质；

人格：人的尊严；

人性：人的本性、欲望与修养；

人生：人的生命过程、规律和思想。

——子实2019年5月3日写作本文时的自悟语记

常言道：不听老人言，吃亏在眼前。

老人言，无论是在哪一个国家，哪一个民族，哪种社会形态下，凡是有人类诞生以来，特别是有人类的语言和文字诞生以来，无处不有老人言。

老人言，是我们懵懂无知时的启蒙教育；老人言，是我们人类继往开来的文明和文化传承。

可以说，在我们每一个人的人生中，处处可以听到老人的嘱托，老人的"唠叨"，老人对我们的人生提示和担心的话语。

其实，这就是老人对后代的关爱，这关爱汇聚在他们对于历史的总结、人生经历的回顾、社会现实生活的深刻剖析的"老人言"中。

当我们也进入中老年时，当我们也经历了人生的风风雨雨时，当我们也身为父母体会到作为父母的艰辛与不易时，我们才会更加体会到当年父母们不停"唠叨"的"老人言"是凝聚着怎样的人品、人格、人性和人生智慧啊!

人生不易,好好珍惜吧!

我是从小就有记录"老人言"的习惯。可以说,父母也是我人生的第一任老师。

现在,我把一些我的父母常常告诫我的话语和人生的嘱咐,采撷小小的一部分,与大家共享。

(1)近朱者赤,近墨者黑;

(2)业精于勤、荒于嬉,行成于思、毁于随;

(3)跟什么人,学什么人,学好一辈子,学坏一夜间;

(4)人生自古谁无死,怕又有什么用?

(5)时候不到天不明,没有过不去的火焰山;逢山开路,遇水架桥,要面对现实;天,塌不下来;

(6)人,不可不识敬,什么来言,什么去语;

(7)人敬我一尺,我敬人一丈;

(8)狗养的狗亲,猫养的猫亲,老鼠养的猫不亲;

(9)拥有的时候,要想到没有的时候;

(10)知人知面不知心,物以类聚,人以群分;

(11)历史的经验值得注意;

(12)一粥一饭当思来之不易,半丝半缕恒念物力维艰;

(13)板凳要坐十年冷,文章不写一句空;

(14)矮子看戏不见影,只听别人论短长;

(15)吃人家的嘴短,拿人家的手短;

(16)瓜田不纳履,李下不整冠;

（17）不要身在福中不知福；

（18）死要面子活受罪；

（19）自作孽不可活；

（20）凡事有预测，未雨而绸缪；

（21）富不过三辈，穷不过三代；

（22）没有金刚钻，别揽瓷器活；

（23）世上没有无缘无故的爱，也没有无缘无故的恨；

（24）人心都是肉长的，教的曲子唱不得，要学会自律自悟，惯子如杀子；

（25）临上轿了才包脚——还来得及吗；

（26）不要光是听他说了什么，更要看他做了什么；

（27）应知学问难，在乎点滴勤；书到用时方恨少；

（28）交友慎重，三思而行，要用脑子想问题；

（29）少管闲事养精神；

（30）人在做，天在看，事在人为；

（31）防人之心不可无，害人之心不可有；

（32）只要功夫深，铁杆磨成绣花针；

（33）要善待和敬畏万物生命；

（34）为公乃乐，无私则刚；

（35）精神内守，病安从来；

（36）儿行千里母担忧，母行千里儿不愁；

（37）大喜鹊，尾巴长，娶了媳妇，忘了娘；

（38）一家门口一个天；

（39）一家一本难念的经；

　　……

其实，父母的"老人言"，是来自生活实践中的真知灼见，也是中华民族几千年来传承的人生宝贵经验，并非我们家老人的独创，而是社会大众集体智慧的结晶，只是通过他们平日的言传身教让我终身思考，受益良多！

我亲爱的父亲母亲

因为他们平时善意和有用的语言很多，在此，我也只能将"学海一蠡"般的见识和自己的浅显的见解，来说给大家品鉴一下，看看老人家们平日里说的话语是否有一定的道理。

我也深信，每个家庭都有每个家庭的"老人言"，在此，我把所记录的些许的父母叮咛，与大家交流，不过是抛砖引玉吧！

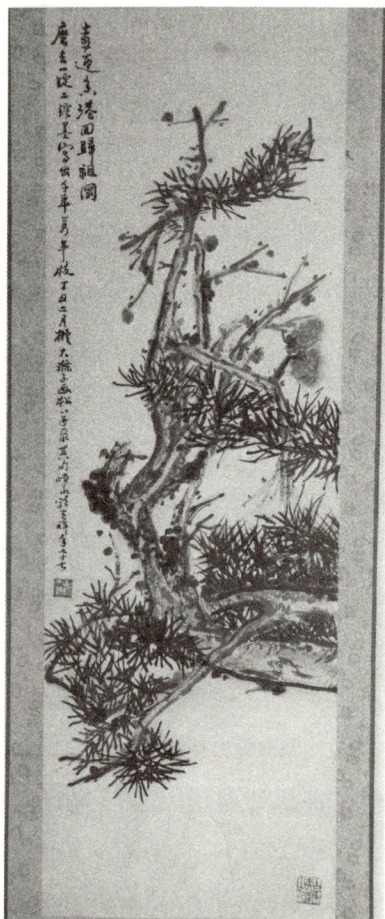

父亲天祥先生的绘画作品

但愿诉说者、记录者、写作者能与倾听者、读者产生一种心灵柔和的碰撞和共识！

最近，我读到的一本杂志上，介绍了美国作家斯蒂芬·盖斯的一本书《微习惯》，书中告诉我们一个人生道理：一切从一个微不足道开始。

其实，我的生活中，每天都在做文摘、写日记，甚至散步时，偶有所思，没有纸张可以记录下来，我便会发短信给亲友、同学、战友、同事和朋友们，有时，这样的举动往往会导致收取信息者不明就里，但是灵感是瞬间发生的，一旦错过时机，可能永远都不会再闪现了。这种习惯，就是一种微习惯，日积月累，积少成多。正所谓：积沙成塔，集腋成裘。

我深信：任何成就的取得，抛开那些不劳而获的投机取巧者，最终应当归为勤奋的人，这就是"积累"的力量！

2019年5月5日晚上11时09分

子实创作于逍遥轩东窗书屋

深　情

韩彤亮兄于2012年12月24日写作一篇文章《握手》，这么多年来，他一直没有给我看过。

2018年8月5日早晨7时50分，父亲鄢天祥先生与世长辞，享年99虚岁。

而此时的韩兄，正在首都的北医三院进行新项目技术的进修学习，紧张而忙碌。作为青岛市立医疗集团东院特检科的主任，他不仅要当好学科带头人，管理好科室的日常行政业务，还要有大量的关于省市和中央及外国驻青要员的医疗保健工作要做，可谓"日理万机"。

就是在这样日常繁忙的工作中，韩兄仍然帮助我从医疗方面照料着近百岁的父母。2014年10月28日93虚岁的母亲离世后，他仍然一如既往地每月按时给我年迈的父亲开药，问寒问暖，无微不至。

就在他接到晋京进修的任务后，还是急急忙忙地委托科室其他领导落实我父亲的医疗保健，转给我父亲的特殊人员门诊病历和相关医疗保健的证件，逐一嘱托干部保健门诊、特殊医疗窗口、药房等部门的工作人员，以确保我父亲及时、安全的保健用药。他就是这样一个细心工作的人，凡是托付于他的事情，大可放心，必是细致周到地办理，从不马马虎虎，这与他常年以来在干部保健岗位的工作有关，更是他人品、人格魅力的体现，我始终十分地敬佩他一贯严谨的工作作风，善解人意，助人解难的人生品质。

有道是：大恩不言谢！韩兄我还是发自内心地谢谢您，谢谢您对我家两位老人数十年如一日的关心爱护！尽管您的年龄略小我几岁，虚长几岁的我，在此还是要真诚地道一声："韩兄辛苦了！谢谢您，衷心谢谢您给予我的父母双亲和我们全家人的恩情！"

父亲离世时，正是韩兄在首都北京学习最忙碌的时候，我深知他惜时如金努力学习的专研精神，所以未敢打扰他。

从北京回来，韩兄第一时间获悉信息后，迅疾发来唁电。唁电中，韩兄用了这样的话语令我至今言犹在耳：悲兮！怆兮！悲怆不已！

足见韩兄对我家老人有着怎样的一种人生情感，令我动容！

后来，他又将这篇数年前写下的《握手》打印赠我纪念，我读罢此文，潸然泪下！

今特将韩兄的文章《握手》录入《无一例外》一书，以此来缅怀我的父母双亲，同时，也把我与韩兄在这世间的真诚友谊镌刻成为永恒！我深感我的人生，得韩兄这样一位孝敬老人的知己，是我之大幸也，人生得一知己，足矣！

附：

握　手

韩彤亮

虽说是作为晚辈，但我却是极少进屋去看望老人家。我总是觉得，身为九十多岁高龄的老人，有自己的生活作息规律，我若是贸然探望，必会给二位老人带来诸多不便。

今天的天气格外寒冷，从楼下路过，鄢兄执意要我楼上稍叙。

路过二老门前，我便进屋问候。

老爷子由座位上颤颤巍巍地站起来，并向我伸出了双手……

我也赶忙紧步上前，迎着老人家的双手……

四只手并没有交叉地握在一起，而是老人的双手从两侧将我的手紧紧地捂在了一起！

那是一双清瘦的九十岁高龄的老年人的手，数九寒天，虽说是在屋内，那手指头也是清冷的，仅手掌心有些许的暖意。但老人家却依然紧紧地、紧紧地将我冰冷的手握在了他的手掌心里……

刹那间，仿佛有一股巨大的暖流，瞬间涌遍了我的全身，我的眼圈有些湿润了，我喃喃地说：老爷子，您二老一定要好好吃饭，好好休息，一定要多多保重身体！

2012年12月24日

青岛湛山一路2号别墅

题记：人生，就是一种机缘与现实的结合，也是历史与现实的结合，这一点，我至今深信不疑！

本来并没有打算写这样一篇文章，更没有打算把这篇文章放在这本《无一例外》公之于众，但是，机缘就是这般的巧合，由于我的大姐无意中提示，她曾读到半岛网《城市信报》宫岩记者写作的一则史料，恰恰与我的婚礼举办所在地有关，让我产生了思绪万千……因而，在此我将所知道的青岛湛山一路2号别墅的逸闻趣事，介绍给读者。

青岛的八大关和太平角，素有"万国建筑博览会"之称，因而，每一幢别墅，都有许多的故事。青岛湛山一路2号别墅，恰好与我居住了30年的太平角一路7号，形成在一个十字路口处。被父亲称为"赤松小舍"的太平角一路7号，是我婚后的住宅，湛山一路2号别墅是我1991年5月19日举行婚礼、宴请来宾的地方。

我们家被父亲称为"赤松小舍"的房舍，有两处平房，分别位于前后两个院中，被长长的一墙隔断，前院又分为太平角一路5号、7号、9号院，后院则分为太平角一路11号、13号、15号别墅群。爷爷鄢瑞财就是于1974年的12月31在此过世的，享年83岁。生前他多次熬的猪肉白菜，味道独特，时至今日不忘，我们爷孙俩每每共享，情深意长。

爷爷生于青岛建置的1891年农历十月一日，1925年，住在青岛广西路38号，由胶澳商埠警察厅颁发的汽车司机执照，证件编号为：政字第壹捌〇号。

胶澳商埠警察厅颁发给爷爷的汽车司机执照

父亲生前将此证件委托我保管，我已完好无损地保存至今，成为珍贵的家族历史资料。

爷爷是靠勤勤恳恳的努力学习，是靠踏踏实实的工作作风，是靠一点一滴的扎扎实实的过硬的技术本领得来的驾照。据我所知，他的驾驶工作自始至终，从未出现过任何一次事故。汽车，在胶澳商埠时代，是稀缺的；司机，在胶澳商埠时代，是让人刮目相看的工作。

记得1974年的最后一天，爷爷去世了，第二天下午，也就是1975年新年的第一天下午，殡仪馆来了一辆灵车，前面像老式的公交车是坐送灵的亲属，后面则加挂了一个安放遗体的专用拖车，看上去，这样的灵车让人越加悲痛，那一年我才刚过11周岁，看到爷爷从太平角一路13号送往灵车，我顿时不知所措，一边抱住路边的电线杆子痛哭，一边大声地喊着爷爷……爷爷……这位青岛胶澳时代的老司机，就乘坐这样让人悲伤的灵车走了，我至今难忘那送别亲人感伤的人生第一幕，人生现实给我留下的沉痛悲哀的结局，让我的记忆终身挥之不去。尽管那时我还很小，但是我已懂得，爷爷喜爱我，我也是非常爱爷爷的，我不愿意感受这样的人生告别！时至今日，我已快到花甲之年，仍然忘不了他的猪肉熬白菜的特殊味道，他老人家对我这个小孙子很是格外地疼爱，这也就是老人们常说的"隔代亲"吧！

停放爷爷灵车的地方，正是太平角一路与湛山一路的十字路口处。

这里原先是禁止外人和大型车辆进入的，有青岛警备区警卫连把守执勤，执勤战士全副武装、肩被上了刺刀的半自动步枪巡逻警卫。

我在太平角一路7号居住的30年间，除去在海军旅顺基地服役的5年时间外，期间看到了许多政治、经济、文化、艺术界的知名人物，还包括那个时代极少涉足我国大陆的外国人。

青岛湛山一路2号别墅

　　1993年8月1日，我们搬迁至现在的辛家庄逍遥二路上，父亲再给住宅起名号曰："逍遥轩"，我与父母门对门居住，在一个单元内，因此，住宅随父亲的"逍遥轩"，自号曰："逍遥轩东窗书屋"。2014年10月28日，92周岁93虚岁的母亲曲凤侠，2018年8月5日，98周岁99虚岁的父亲鄢天祥皆故于此地，但是父母最终的户口簿和身份证仍注册在八大关派出所和社区居委会。

父亲天祥先生的早期画作

在那时，我们院里的人，把湛山一路2号别墅叫作"俱乐部"。我们家在前院的太平角一路7号的住宅，门前有一个自家建的花园，父亲种植了各种花卉，特别是茶花、兰花和盆景五针松都是非常珍贵的品种，还有葡萄树和杜仲树等，用深深的瓷缸养殖了金鱼和乌龟等，还有一些珍贵品种的画眉鸟，小小花园，面积不大，但品种却十分丰富，颇有"采菊东篱下，悠然见南山"的感觉。父亲常常面对大海的波涛，以观沧海的变迁。而"赤松小舍"正好面对着太平角一路3号别墅，而3号别墅的对面，就是湛山一路2号的别墅，仅仅是一条马路，两个院墙之隔。别墅的楼道里留下了我童年时代不计其数的足迹。

太平角一路3号别墅

太平角一路3号别墅、11号别墅、15号别墅和湛山一路2号别墅，都隶属于原先的交际处四所，也就是现在的市政府的市级机关事务管理中心直属管理。而我们的5号院、7号院、9号院、13号院，都隶属于山东省卫生厅直属的山东省青岛疗养院管理。只有9号院是一个二层楼房结构，其他号院全部是单元别墅式的平房结构。

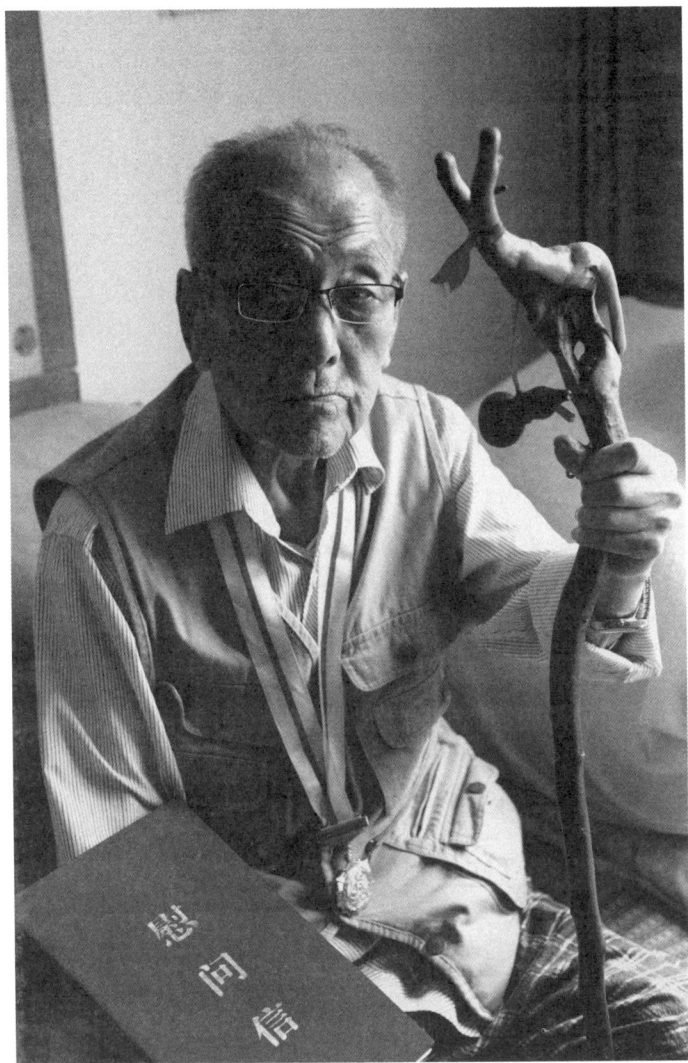

2015年，父亲荣获中共中央、国务院、中央军委颁发的中国人民抗战胜利70周年金质纪念章

我是1963年7月28日出生于八大关太平角一路7号的。包括青岛湛山一路2号别墅在内的太平角一路与湛山一路等若干条路段的别墅院落，都是我从小玩耍长大的地方。

1991年5月19日中午11时56分，在刚刚装修竣工，尚未使用的青岛湛山一路2号别墅的二楼，我在此举行了结婚典礼和婚礼宴会，共设两席，出席婚宴的嘉宾，除新娘陪嫁的亲属和我自家兄长外，全部都是给我结婚帮忙的同学、战友、同事、邻居和朋友，从中国驻外大使馆重返交际处四所工作的王仁才总经理和总厨师长任兄，给予我这次婚宴特殊的关照。

1999年9月，我作为青岛电视台历史上，电视新闻记者赴台湾第一人，参加青岛市首批赴台湾新闻记者交流团，自台北野柳、台中日月潭、阿里山、到台南的垦丁猫鼻头，在高雄圆山大饭店下榻时，发生了"9·21全台大地震"，这是一次中国台湾百年一遇的特大地震灾害。

2017年12月，我于1999年首次参访祖国的台湾岛，时隔18年之后，又首次登上与福建厦门隔海相望的我国的著名宝岛金门岛，实现了我多年未了的心愿，进行了1958年以来，时隔60年的"炮击金门"战场遗址寻访，在金门岛上看到了许多邓丽君的珍贵影像资料，在厦门祭拜了海岸炮兵英雄安业民烈士，所有的一切，都已成为人生的历史，国家的记忆，铭刻在每个人的心中。

2019年5月27日20时36分
子实于青岛逍遥轩东窗书屋

邓丽君歌声里的青春记忆

歌声可以把人带回往昔的回忆中，这一点我至今深信不疑。2018年3月，在奥帆中心的百丽广场，一阵久违而熟悉的旋律突然传入耳畔，令我停下疾驰的脚步，一边寻找音乐的方向，一边仔细辨听这熟悉歌声。是谁在演唱？是什么歌名？那一夜，我回到家中，迫不及待地打开电脑，沿着记忆的闸门搜寻、再搜寻……最终，我如愿以偿地找到了，这是邓丽君演唱的《香港之夜》！记忆的闸门瞬间打开了，于是，一段段青春的岁月扑面而来，不可遏制……

讲到邓丽君的《香港之夜》，就不免会讲到我的17岁时光。

故事要从20世纪的70年代说起。那时我还在青岛嘉峪关学校上"带帽"的初中三年级，快临近毕业了。怎么叫"带帽"中学呢？那是因为，建立在1953年的青岛嘉峪关学校，最早是一所海军子弟学校，是一所寄宿制的纯小学，后来的教育体制一变再变，就将学校附加了中学，而且是一会儿三年，一会儿又改成两年，乱糟糟地改来改去，所以，就把后来附加上的中学部分，私底下称为"带帽"中学。意思就是说，本不是这个样子的学校学制，是"被时代硬加上"的。

那时的平民百姓，就连电视机都很少能看得到。记得我最早看到电视机，是在太平角一路9号院的王阿姨家，她待我非常好，有时甚至会用一些布料拼接衣服给我穿，那时的邻里关系真的是非常好。听的收音机里播放的是《向阳院的故事》，看的电影是《侦察兵》《春苗》《红雨》。

1985年春节，我从部队回家探亲时，与高中同学合影

那个年代所体现出的是真真正正的"远亲不如近邻"啊！谁家有个灾有个难的，大伙儿一起帮忙就渡过了难关，相互偎依，抱团取暖。

王阿姨是青岛武胜关路托儿所的所长，名叫王咏雪。她的儿子王建大哥心灵手巧，喜欢无线电，自己买来零件，拼插起一部7英寸黑白屏幕的电视机。我是他们家的第一批观众，王阿姨总是先让我进屋看，后来，院子里来看新鲜热闹的人多了起来，每天晚上，王阿姨就把电视机摆放在离窗台近的桌子上，打开窗户，人们坐在院子里的小板凳上就能看电视了。再后来，交际处四所的办公室，有了更大尺寸的电视机可以看。还有就是位于太平角一路与湛山五路交界的"南岛部队大院"也有电视机可以看了。

这是一段有着许多美好记忆的年代！

后来，我从部队退役回到青岛后，在青岛市人民医院院长办公室工作，王建大哥在市人民医院的放射科工作，与我是同事。有一次，我突然高烧不止，王建大哥在放射科陪我打了一整夜的吊瓶，出了一身大汗，他对我这个小老弟照顾得无微不至，至今难忘。王阿姨是在1993年8月1日搬离太平角一路，被异地安置在辛家庄后，不幸罹患了重病。1995年前后，我已从市人民医院调往青岛电视台新闻中心任时政记者好多年了，听到她罹患重病的消息后，我急急忙忙地赶往青岛市人民医院干部保健病房探望她，见到我来看望她，王阿姨很感动。看到她那病弱的身躯，我百感交集。

我在旅顺海军服役期间，王建大哥的姐姐王学红大姐从青岛海军的4808厂考入位于旅顺海军4810厂附近的海军职工大学脱产上大学，我们还经常走动交流；还有嘉峪关学校的同学孙盛乐，也从青岛4808厂考入海军职工大学，我们经常走动，一起去新旅顺拍照；学校放假时，他们会帮我从青岛捎来父母的信件和物品。后来，我结婚时，王大姐送给我杭州的丝绸被面做礼品。孙盛乐同学结婚时，我是他的伴郎加婚礼主持。

话说国家恢复高考后，高中也要考试入学了，原本都是"十年一贯制"顺进的，现在要考高中录取后才能上学，所以1963年和1964年出生的"兔子"和"大龙"们，也就正好赶上了。赶上归赶上，但是，大部分人还是没有当回事儿，该看电影看电影，该看电视看电视，没有像现在孩子们，从幼儿园就开始竞争，恐怕一直到老也都在竞争中。

住在"南岛部队大院"的同学安润泉，学习成绩一直是不错的，几乎是名列前茅。有一天，他突然告诉我，昨天晚上看了一个特别好看的电视电影（就是从电视机里看电影），名字叫《追捕》，问我看没看，我说没看，他说：太好看了！

事情就这么过去了，我们每个人也就按照自己的分数和报名，各自奔赴各自的高中学校，开始了新的高中的学习。

然而，谁也不曾想到，就是这部高仓健和中野良子主演的影片《追捕》，竟然成为日后中国改革开放历史上具有风向标意义的外国引进影片之一。直到现在，遇到安润泉同学，我还是会讲起这段令我终生难忘的往事。

我们那时的高中是两年制的，分文科班和理科班，也有普通班。我因作文成绩比较好，考取了青岛第26中学的高一三班，是文科班，学习日语。日语的任课老师姓任，长得很是清瘦，为人温和，不急不躁。

高一三班文科班的班主任叫王秋，40多岁，是个上海人，讲上海普通话，个子不高，非常漂亮。

文科班里大部分是女生，男生能占到全班的四分之一，基本上都学习日语，我成绩很一般。有几个女生日语学习成绩比较好，比如李沂同学等，日语考试成绩让人羡慕。男生中也有学习日语不错的，比如杜延俊同学。杜延俊家在黄岛路和伏龙山上都有房子，他在全班男生中个头是最高的，我差不多是最矮的。为了帮助我提高日语水平，老师把全班一高一矮两位同学分到了一个座位上课。就是这样的机缘，日后杜延俊同学不但在学校中护着我，而且在高中毕业后的关键时刻，他来到我家报信，仅差一个小时，使我赶在最后时刻，参加了入伍体检，如愿以偿地到部队服役。从此，我改变了人生命运，他成了我生命中的贵人。

2017年12月，作者拍摄于祖国金门岛上的"邓丽君生平展"

因为是同座，我与杜延俊成为要好的同学。那时，我们在周末有时会到同学家去玩，像去郭红梅同学家、王海波同学家，等等。位于伏龙山的杜延俊同学家，我是常客，他的爸爸妈妈和我也熟悉了起来，也就是在杜延俊家，我第一次听到了那首邓丽君的《香港之夜》，简直是无法用语言表达是一种怎样的感受，歌词记不住，曲调很难忘，仿佛能让你打开私密的内心小门，一窥无法看清的少男少女们的精神世界，毕竟是17岁啊，情窦初开，懵懵懂懂的样子！《香港之夜》，包括邓丽君的所有歌曲，在那时被称作"靡靡之音"，是不能在公开场合播放的，杜延俊有一个录放机，像个老式铝饭盒大小，又像是大半块红砖头宽窄；还有盒式卡带，卡带的封面上，就有邓丽君的照片，很特别，很有味道的甜美模样，让人一看就忘不了。歌曲听了一遍还想再听，尽管歌词的表达还不是很明白，但是总感旋律和唱腔回味无穷！

我们感到很快乐，日子也在悄悄地流逝。

这时的我上课、下课、放学后，似乎总有忙不完的事儿。下课时，我几乎是不出教室的，坐在座位上，班主任王秋老师，走进来时，总是站在讲台桌前，用目光与我对视，我们也不讲话，就这么互相对视着。她若干年后问我，为什么当年下课不出去跟同学们玩一下，放松放松呢？我说，我没法放松，一下课我还要琢磨中午怎么回家给父亲做饭。到了中午放学，我总是飞一般往家跑，从京山路到太平角一路7号，有将近五站多的路程，自26中学沿着万国公墓（现在的百花苑）、小西湖、岞山路、中山公园外围、北海舰队司令部门前、到武胜关、湛山大路，直插太平角一路海边的家中，与父亲打过招呼，便开始刷锅做饭。有时刚做好饭，一看到了上课的时间，根本就不吃饭了，撒腿就又往学校赶，就这样高中两年，大概除了杜延俊、王海波，极少有同学知道。我也很少与其他同学说话。

晚上放学了，我就去找在南海路上工作的母亲，去菜店买菜，先拿回家，然后写作业，或做饭或干一些母亲单位取回的加工活，挣一些零用钱。哥哥姐姐们上山下乡的，支援边疆的，部队当兵的，或是工农兵大学生的，或是下乡回城工作的，个个都很忙，没有什么闲人。

李沂的字写得的确很好很漂亮，如果不是高考前伤了腿脚，估计她会考上一所非常好的学校。但是，命运就是这样地捉弄人。

她在伤病休养期间，我还曾经去过她在文登路派出所院中的家里，给她送去补发的学习材料，帮她补习过语文、地理、历史等科目。

李沂的父亲李增吉先生，以前曾担任过文登路派出所的指导员，与我母亲熟识，母亲总是习惯地称呼他为"李指导员"。

母亲对李沂父亲的评价很高，认为他是一个非常正派、忠厚、善良的好人。

李沂是团支部的委员，邵振琴同学是从别的班上调高二三班任团支部书记的。1981年高中毕业的前夕，在王秋老师和邵振琴同学、李沂同学等团支部成员的热情帮助下，我光荣地加入了中国共产主义青年团，也为5年后在部队服役期间的1986年加入中国共产党奠定了基础。

1985年春节，我从部队上第一次回家探亲，王海波、周小明、李沂、贾守敏、郑瑛等同学在八大关沿海一线聚会合影。1986年从部队退役回到地方后，与杜延俊、王海波、关丽滨、郭红梅、李青、曹爱玲等同学策划了一次高中毕业后的首次同学大聚会，重回青岛26中学校的教室里，向王秋老师敬花献礼，表达美好的师生之情。

2017年12月，作者拍摄于祖国金门岛上的"邓丽君生平展"

若干年后，已经年过半百的我，告诉李沂一个我高中时代的秘密印象。从1980年，杜延俊同学放给我听邓丽君的歌声，看到录音带封面上的邓丽君的照片开始，就一直认为，李沂无论从脸型、眼神，还是发型及摇晃头时的神态，特别是邓丽君在演唱《香港之夜》时的视频影像，李沂都与邓丽君有着极其相像的形似与神似。

这一点，当我于2017年12月，登上福建厦门市对岸的金门岛，参观金门岛上邓丽君曾下榻的军队"迎宾馆"里举办的"邓丽君生平展览"时，整个一个"迎宾馆"的二楼以上，全部是邓丽君各个时期的影像和音像珍藏品，还有她各个时期非常多的十分珍贵的照片资料。这也再一次印证了，我早在高中时期就已经产生过的，李沂与邓丽君强烈的对比印象。

只是太可惜了，邓丽君于1995年5月8日在泰国的清迈不幸英年早逝。

　　记得当年在青岛单县路上的青岛广播电视局大院工作，那时是在青岛电视台新闻中心当《青岛新闻》的时政记者，听到邓丽君猝然离世的新闻，我目瞪口呆，半天没有回过神来，心想，这怎么可能啊？年轻且好端端的一个人，怎么说没就没了！我真是好惊诧，随后的几天里，心情一直都是处在悲凉凄楚、郁郁寡欢之中……

　　2017年底，我曾在金门岛上的金湖镇观光期间，在号称亚洲最大的免税商场里只发现了邓丽君的CD光盘，而没有寻找到邓丽君的DVD视频影像。即使整个岛上也都没有发现她的DVD视频影像有售，这令我非常遗憾和失望！

　　无可奈何之下，从金门岛回到厦门时，只好请厦门导游谢丽凤老师帮助在福建区域购买，但是，谢老师费尽周折，仍然一无所获。

　　迫不得已，我还是烦请厦门专程负责金门岛导游的唐珣老师，帮助我再一次从金门岛上的免税商场里，采购了邓丽君整套金装珍藏版本的CD光盘，通过快递寄往青岛，算是一件来自祖国宝岛金门的特殊礼品，保留下来，当作日后特别的纪念品珍藏。

　　据史料记载：1980年10月4日，邓丽君曾前往金门岛。有一张照片记录了邓丽君在金门岛上用望远镜观望对面的厦门，她的脸上流露出兴奋的表情……

　　邓丽君登上金门岛的1980年，也恰恰是我在杜延俊同学家里首次听到邓丽君的歌声，看到邓丽君歌曲录音盒带上照片的高中一年级时候，那一年我17岁……

在我看来，李沂与邓丽君的为人、善良、美丽、聪慧，如出一辙，形神兼备。

1995年中国台湾各电视台第一次直播艺人葬礼。宋楚瑜为邓丽君的墓园题名"筠园"。中国台湾为邓丽君举行的隆重的葬礼，其规模和影响仅次于蒋介石和蒋经国先生。

现在，每当我写作疲惫时，每当我心烦意乱时，每当我无所适从时，总是打开电脑笔记本，一遍又一遍看着邓丽君演唱的《香港之夜》的视频，看看她那耐人寻味圆圆的脸庞，亮闪闪大眼睛透露出的真诚目光，亲切自然宛如娓娓道来心语倾诉，她那甜美柔情地歌声表达，总是带给我心灵的平抚与安慰，让我不自觉地再一次穿越时空隧道，回到我人生中的17岁时光……

2019年5月25日深夜21时16分
子实于青岛逍遥轩东窗书屋

戊戌年春节侧记

引言： 2018年的春节，是中国传统的戊戌狗年开端。这一年，也是母亲的本命年。

"鸡飞之年"还尚未度过，我就盘算在母亲本命年的时候，回故乡住几天，在八大关的锦绣园凭窗眺望，就是太平角一路7号的故居。

在故居之处能够安安静静地读书、写作、调整、休息，是人生中的幸事，更可以一解对母亲的思念。

所以，"闹鸡"飞走之前，我就已列出写作提纲，并且早早联系了锦绣园的陈海鸥总经理，给我预留下写作休息的房间。她很认真地对待我的计划，把靠近故乡的房间早早预留出来，让我抬头就能看到近在咫尺的故居，她是我可靠而又善解人意的老朋友，真的要感谢她！

一、柿子饼

长骏从超市里买回了一盒柿子饼，总共6个，说是要给奶奶供上。我很高兴，难得现在的孩子还能记得长辈喜欢吃什么！

母亲确实喜欢吃软软的柿子和柿子饼，这实际上是20世纪的人对甜食品的情有独钟罢。

生活困顿的时代，人们总是那么渴望甜美的生活，所

以，糖果、甜食是稀罕的食物，因为稀罕，所以向往，这是
人之常情，也是人性使然。

因为山楂和柿子，母亲还曾有过一次惊险的人生经历。
大概是在2003年，有一天，母亲吃下一个柿子后，经不住晚
辈们热情善意的表达，又品尝了一个山楂糖球，结果形成了
"食道结石"，连续几天的胃肠强烈反应，使她险些丧命，送
市立医院东院抢救后，好多检查好多专家都无法诊断病情，
她的生命眼睁睁地看着就要不行了，这时，我请来原人民医
院我的同事、朋友杨南，她是原市人民医院消化内科主任，
经过分析病情后，她尝试使用大剂量的碳酸氢钠药片，结果
迅速溶解了柿子与山楂结合后形成的软片状的结石，母亲顿
时上吐下泻，及时挽救了垂危的生命。真的要感谢杨南主任
的救命之恩！

从那次起，母亲不再把两样喜欢的山楂和柿子放在一起
吃了，就是其他种类的水果和食品，她也会间隔食用，这是
一次用生命换回来的人生经验，弥足珍贵。

2018年，我也已经是55周岁的人了，回想我童年时过春
节，也是与柿子饼有缘。

还是那个年代，甜味食品不仅吸引我的上辈长者，也吊足
我这个年少人的胃口。一挂一毛六分钱的潍县小鞭炮，买来家
放在炕上盖在新席子下，父亲说，炕过的鞭炮更响更脆。

那时，是在天天数手指头盼过年，因为过年不仅可以穿
新衣新鞋，还可以放小鞭，那小鞭不舍得一次都放完，要拆
开来，一个一个地放，慢慢地享受过年的滋味。

等到初一，就拿上自己平时卖破铜烂铁牙膏皮等废品

攒下的钱，去疗养区供应站买上几个柿子饼，那柿子饼上的白霜可真是甜啊，连带着我的口水一股脑地流经我的食道胃肠，柿子饼产生出大量的酸，一反酸就烧灼胃肠和食道，即使这样，也是快乐的。在那个年代，渴望年的味道，待到来年的年末，这种渴望越发的强烈，成为生命中的一个情结，赶也赶不走，挥也挥之不去。

子实2018年2月19日星期一（农历戊戌狗年正月初四）写于八大关锦绣园3号楼3206房间18：27分

二、殡仪馆的一幕

2018年的腊月二十三，是俗称"过小年"的一天，早已计划好的是，与大哥一起去请已经离世4个年头的母亲回家过年，这是老辈的一个风俗，目的就是不忘根本。

走在殡仪馆的院子里，到处是满地的冰渣子和积雪，岛城刚刚下过一场许多年未见的封门大雪，气候无常，人也无常。

来来往往哭丧的人群里，一对看似母子的人有些与众不同，那个中年妇女，双手抱着一个个头高大结实的壮小伙，泪流满面地絮絮叨叨着。壮小伙戴着一副眼镜，木呆呆的面无表情，这个中年妇女看上去疲惫不堪，无可奈何的样子，像是这个小伙子的母亲，她一遍遍地重复着：咱们回家来，重新开始好不好！那25万算是被人家给骗了，咱也不要了，你知道，我挣着25万块钱，是多么的难啊！咱不要了，只要你回家来，咱再从头开始好吗？就这样，那位中年妇女声泪俱下地一遍遍地说着，这时，我才深深地理解"哀莫大于心死"，什么叫作"苦口婆心"啊！

我和大哥走进骨灰寄存大堂，一排排的铁架子，一个个的小铁橱柜里，是曾经一个个鲜活的生命，一个声音仿佛在耳畔响起：人生是什么？什么又是人生！

大哥捧起骨灰盒，我把山东画报出版社正式出版的《生死尊严——与在天国母亲的七次对话》替换下母亲三周年时寄存的样品书，并且告诉母亲："过年了，咱们一起回家吧！"

不远处的火化炉，一缕缕青烟漫漫飘向寰宇，已经感觉不到有什么样的异味了，只有心灵，随着青烟，走向远方……

子实2018年2月20日（农历正月初五"俗称破五"）星期二写作于八大关锦绣园3号楼3206房间18：13分

三、年味？人味！

今天是2018年农历狗年的正月初六，明天又将开始新一年的工作了，听到越来越多的议论竟是越来越感到没有年味了。

年味？年怎么会有味？

根据中国的神话传说"年"是一种怪兽，是人们想象中的一种动物，谁也没有见过，谁又能够闻到它的味道呢！

根据甲骨文分析，年这个字是"禾"和"人"构成象形文字，含义不言自明，人盼望粮食收获的年景。

根据我来说，"年"就是循环往复的时光记忆和人生美好的期盼。

所以啊，是人在过"年"，年是一个标志，一个符号，一个回忆，一种期望！"年味"实际上就是"人味"，说过年没有了"年味"，也就是在说过年其实是缺少了"人味"！

当那个衣不蔽体，食不果腹的年代，"年"就成了一种盼头，有了盼头，就有了希望，能有一件哪怕是半新的衣服和半新的鞋子，到过年的时候能够穿上，也是幸福的一刻。

也许在许多人的记忆里，旧社会里杨白劳为躲地主的债，悄悄在半夜潜回家中，他给自己的闺女，那个叫"喜儿"的女孩，带回了二尺红头绳。一条扎头发的在今天看来再也平常不过"红头绳"，却足以让大雪封门盼爹爹归来的喜儿，亲切地偎依在父亲的身旁，尽享父女过年团聚的美好喜悦，扎上红头绳的喜儿，舞之蹈之，现在当今生活富足的人们，有谁可以理解这样的一种"年味"和浓浓的亲情味，也就是"人味"呢！

当然，那时是旧社会，别再拿来"说事儿"了，怎么可以新旧社会相比呢！许多人会有这样的感慨。

但是，当我们生活物资丰富的今天，社会"底层"的人也好，"顶层"的也好，他们都能感受到"年味"了吗？

今天，全民"皆商"的人们，背井离乡地从农村挣扎出来，春节前，在马路上摆小摊，一个牵着狗，推着地排车的老者，身穿脏兮兮的衣裳，沿街叫卖香蕉橘子，眼看天黑了，像他一样的小商小贩，满街都是。

一个卖刀鱼的老年妇女，给她的"同类人"说："三天啊，三天才卖出了两条刀鱼啊！"

卖炒花生的高密人，操着浓重的乡音，在凛冽的冬天里，一边吃着方便面，一边打着手机，还不停地吆喝着、叫卖着！这些人一年到头摆小摊在城市的大街小巷，还要不停地四处警觉瞭望，担心随时而来的驱逐与罚款罚没，能挣几个钱？家里的地又被承包出去，农村里空空荡荡，只有走不动的老人在看家护院。

只有到了年根，央视播出的新闻里"摩托大军"几十万人，为省下一年辛苦的打工钱，而不惜顶风冒雪，甚至是生命危险，千里迢迢回家"过年"。

明天，就要春节后开始上班了，全球最大的"人流迁徙"在中国，又将上演"春运各式返程大高峰"。这是一种"年味"，也是一种"人味"！

今年春节，央视报出的最大新闻，可以说是"海南岛大堵车"，为什么？因为"有钱"了，"有闲"了，"有车"了。

但是，"年"在哪里？"家"在哪里？

除了叫骂、无奈，却大雾导致轮船不能航行。

"有钱"的人却很是任性，不惜在海南扔下汽车，也要坐上一票难求、高价钱的飞机先返程。可是只能闻到"钱味"人们，其"人味"呢？

"反认他乡是故乡"，竟忘了自己的家在哪里！过年不是应该在家团聚吗？为什么那么多的人远走他乡去了海南或其他别的什么地方？是生他养他的故乡没有了吸引力？还是为了更美的休假？是平日没有时间旅游开阔视野？还是因为有钱而追求异乡过年的时髦？

这还是中国传统的春节吗？

出行海南的人们此刻幸福吗？

他们明天还能上班吗？

盼望你们春节团聚的老人和亲人能放下悬着的心吗？

当人们全民皆商时，当人们当街肆意倾倒剩余物品时，当人们把两只眼睛紧紧盯在"钱"上时，铜臭味早已让人丧失理智，"年味"不复存在，"人味"也早已荡然无存了！

子实2018年2月21日（农历正月初六）写作于青岛逍遥轩东窗书屋18：28分

那些年，那些事儿

写在前边

"挑灯夜战"那是20世纪的青岛广电人经常具有的一种工作状态，许许多多的编辑记者，经常加班加点地自觉工作，半夜能吃上碗"方便面"在那时已经是很知足的！

2019年，青岛市广播电视台成立70周年。70周年，假如是一个人的人生，那么"人生七十古来稀"，也就到了古稀之年了，古稀之年的人，如今看来，说老不老，说年轻也不再年轻了，可能退出岗位的人体会将更加深刻。古稀之人，除了生存，精神上可能会有太多的往事回忆！"方便面"是20世纪的"稀罕物"，"挑灯夜战"加班加点却是再也平常不过的事了，老记者、老编辑、老广电的各个技术岗位上哪一个没有"挑灯夜战"的经历呢？在我看来，恐怕是绝无仅有的！他们知道自己肩头的责任，他们具有职业的情怀！

然而，70周年，对于一个进入新时代的青岛广电来说，在承上启下，继往开来的事业中，还很年轻，正逢壮年，必将在党的领导下，承担更加繁忙的新时代的舆论思想宣传、教育娱乐大众的任务，还要讲好中国故事，唱响时代凯歌，鼓舞社会，团结人民，走向更加美好的未来！

回头望，历史是人们一步一步走过来的，正如征文启示中所言：70年，凝聚了几代青岛广电人的辛勤与汗水；70年，记录了几代青岛广电人的奋斗与拼搏；70年，展现了几代青岛广电人的智慧与成果。

其实，每一个青岛广电人，都有自己的故事！

"有过多少往事，仿佛就在昨天。有过多少朋友，仿佛还在身边"，时光飞驰而过，屈指算来，还有不到5年的时间，我也就到国家法定退休年龄了。想想1991年的那个夏天，青岛电视台新闻创始人之一，时任电视新闻部主任的鞠侃彬兄长，伤后骑自行车亲自来借调我工作，圆了我一生中想当一名电视新闻记者的梦想。那一年的1991年，正是青岛电视台成立（1971年9月15日）20周年的日子，仿佛就是在眼前的事情，然而距今却已28年过去了，真的是弹指一挥间，他也在岗位上英年早逝14年了，那时，他才53周岁多一点，正在担当事业和家庭的重任！这样一位好兄长、好领导至今仍赢得众多广电人的口碑和怀念，那是因为他心中有青岛广电，心中有大伙儿！

当然，英年早逝，令人扼腕痛惜的青岛广电人不只是鞠侃彬兄长一个人，在20世纪90年代中期，与鞠侃彬兄长年龄相仿，却先于他十几年就猝然去世的原青岛人民广播电台的老记者、老领导陆苏京同志，才40多岁，就积劳成疾，倒在了位于青岛单县路上的广播电台的办公室里，再也没有醒来！

那个年代的人啊，就是这样的一种工作姿态，想自己的事儿少，想家里的事儿少，想钱的事儿更少，想怎么去干好工作所花费的心思却是很多很多！直到1991年，青岛也就仅有3家新闻单位：青岛人民广播电台，青岛电视台，青岛日报社；那时的新闻记者不仅仅是充满着对于职业的自信心和自豪感，更多的是充满着对社会的责任感和正义感！

尽管我已度过人生55个春秋，从参军入伍算起，也已经38个年头，来到广电工作也已经28年了。但是，在青岛广播电视70年的生涯中，算起来，我还是一名新兵！我想，在我即将到来的退休前，我还有一个久已埋藏心中的最大的心愿，那就是希望退休前，能够获得一枚由国家颁发的，连续从事新闻工作30年的纪念章，它代表着我一生对新闻工作的敬重，对新闻职业的不懈努力与追求！我想，这一愿望的实现，已经为时不远了，我一直在深深地期待着！我想，人的一生，无论是对生活，还是对工作总是要充满希望的！只有充满希望，才是我们继往开来，努力前行的动力之源！

2003年在我40周岁的时候，我曾经手写42万字，完成人生中的第一部纪实性作品，书名就叫《经历》，很遗憾，因为涉及一些重要的采访内幕，至今尚未正式出版。尽管有出版商多次找我洽谈，均被我婉拒。记者是一个充满魅力的职业，记者的高度和视野，决定他作品的高度。世界上有许多著名的记者，如《西行漫记》的作者斯诺；也有著名的充满职业睿智的意大利女记者法拉奇……但是，记者有记者的纪律和职业操守，不能为了迎合观众和读者猎奇心态或为一己之私攫取金银，而违反纪律，丧失人格，甚至不惜传播谣言，蛊惑受众，更甚至泄露党和国家机密。

在这里，我就讲几个小故事，讲一讲20世纪末的那些年的那些事儿，故事讲得未必精彩，但都是纪实性的，都是自己亲身经历过的。我曾多次与我们的记者同行们交流过,我们希望新时代的青岛广电能够更加辉煌,能够展示一个新时代的风采,那么,当那时我们走出广电大门,走向社会时,我们会以我是青岛广电人而骄傲和自豪!

故事之一:
一锅半生不熟的"小年"饺子

尽管时光飞驰而过,然而往事却并不如烟!1998年的下半年,青岛市广播电视局在位于贵州路上的"教师之家"召开动员大会,时任党委书记、局长、总编辑的姜作杰同志宣布即将实施"三台合一"方案。

所谓"三台合一",就是将青岛电视台、青岛有线电视台、青岛电视二台整体合并,统称为青岛市广播电视局所属下的"青岛电视台"。1999年初,先在青岛电视二台租用的位于"青岛纺疗"的办公地点,集结3个电视台的新闻部门合署一起,暂时办公一年左右,然后等待2000年新世纪到来之时,再搬进新建设的位于宁夏路200号的青岛广播电视中心,那是一座在1995年奠基,历时4年多时间建设,于1999年建成并部分使用的青岛广电新大楼,当时在全国城市广播电视台中,外观具有独特风格的现代化的媒体办公大楼,高高矗立在青岛改革开放的东部前沿,成为当时青岛的地标式建筑,其奠基仪式的新闻报道还是由我拍摄编辑的,至今,仍存放于青岛市广播电视台音像资料馆中。青岛人民广播电台有位同我一起跑过体育新闻的记者,他叫朱吉庆,是一位深爱青岛广电，深爱新闻工作的记者，却在新大楼的建设中期，罹患绝症，当新大楼即将完工时，他已经是奄奄一息，但是，他给同事们讲出了自己念念已久的最后的心愿是：能让我走进我们的新广电大楼看一看吗？最终，是大家把他抱进了尚未正式使用的新广电大楼，朱吉庆记者带着对广电事业深深的依恋和自己心愿最终的满足，离开了这个世界，告别他心仪的广电大楼和挚爱的记者生涯！闻之此讯者，无不为朱吉庆的职业精神所感动而潸然泪下，这就是那个年代的新闻记者！

　　1999年初，"三台合并"方案如期实施。合并前，我一直在位于青岛单县路30号的青岛电视台新闻中心，担任时政记者，负责党政群团、"两会"、中央领导和外国元首政要来青采访报道以及卫生、民政、科技、体育、双拥和驻青部队等单位和部门的采访报道工作。先前于1993年从北京广播学院（现中国传媒大学）电视系进修回台后，还参与了青岛电视台新闻中心在全国城市电视台首家创办的大型新闻类访谈专栏节目《视新20分钟》担任主摄像及部分节目内容的采访、策划和编辑。这档青岛电视台历史上大型新闻类访谈专栏节目的创办，在形式上也早于中央电视台新闻中心相类似的大型新闻类访谈专栏节目《焦点访谈》。所以，后来有许多看过《视新20分钟》节目的人们，在历数青岛电视台历史上曾经创办的令人难忘的节目时，总是习惯地称其为"这是青岛的焦点访谈"节目！时至今日，我仍曾为自己当年能在那样的一支创作团队中没日没夜地自觉工作，能有那样的机会参与电视新闻专栏节目的创作实践，而倍感荣幸和自豪！

我们还是言归正传。我清晰地记得，1999年"三台合并"的第一天，是农历的腊月二十三，俗称"小年"。因为我是电视《青岛新闻》的时政记者，所以没有参加合并的第一次全体大会，而是去了市级机关会议中心，采访市委常委的扩大会议，姜作杰局长也列席了这次会议并且一直在低调地刻意躲避镜头。

市委常委扩大会议是当日电视《青岛新闻》的头题，值班编辑是青岛电视台新闻中心的吕岩梅，尽管她当时年龄不大，又是一位女同志，但却是一名山东大学毕业的高才生，其新闻业务扎实干练，工作作风十分严谨。

因为都是老同事，彼此共事多年，都很熟悉编播风格，稿件审查得很顺利，当日的值班主任是电视二台的同志，稿子和片子审查后也没有发现问题，于是，他们签字后交上播出带，按照惯例就进入了备播程序，记者就可以下班回家了，临走前，大家还互致"小年"祝福，一片喜气洋洋，并没有"合并"后带来的"不适感"。我高高兴兴地赶回家中，忙活着"小年"饺子，心里还想，今年还真不错，忙"合并"还能吃上"小年"饺子！

干过新闻的同事们都经历过，越是过年过节，新闻记者和编辑就格外的忙：正月初一市领导的各路走访，青岛广电局的党委书记、局长、总编辑与党委全体成员，都会在单县路30号大院列队一一握手慰问参加采访的记者，并挥手致意奔赴各路采访的车队，祝愿春节好，祝愿采访顺利，一切平安。下午，他们还再次深入编辑部和剪辑室，再次慰问出征归来的记者，其情其景，让人在寒冬的节日里，倍感作为一名新闻记者的荣耀和温暖。

我常常与人交流认为：人是要讲感情的，没有感情的"物质人"，不值一谈，何时何地当你用情来对待自己的部属时，用情来做一件哪怕是自己认为一件微不足道的小事时，人们就会从心中念你的好！

正想着呢，饺子下到了锅里，电话铃声却响了起来，正是值班编辑吕岩梅的声音，电话里急切催促必须立即到台里，新闻片需要修改重做！

新闻准点播出是天大的事啊！特别是《青岛新闻》，来不得半点马虎。究竟出了什么问题？一时琢磨不透，都是审查过的啊，应该没问题啊！不管怎么说，记者就应当无条件地服从，哪怕是关上火，扔下刚刚下锅的"小年"饺子！

急急忙忙赶回"青岛纺疗"合并后的办公室，未见其人，先闻其声，刚刚上任执掌新闻大权的领导，正劈头盖脸地训斥当日的值班编辑和值班主任！后来我听明白了，"三台合并"前，青岛电视台、青岛有线电视台、青岛电视二台，各有自己的电视新闻的表现方式，这位新上任的领导原来是青岛二台的人，所以，新闻编播表达的方式，要按照二台的方式进行，《青岛新闻》原先的表达方式从今天起不算数了，从采访、编辑、审查、甚至到决定每一个记者是否完成工作后可以离台回家，必须最终要经过他的批准，否则就是违规。这可真是新人新气象啊，我们不由地暗自感叹！

施行"三级审片制度"，是新闻一贯的制度，不是合并后独创的。但问题是照原二台的新闻模式采编制作，我们不懂！拿到手的稿件已经被这位新任领导，用红色的毛笔划得面目全非了，毫不夸张地讲，留下的可用的话也就是一句半句，当日头题成了简讯字数，一句文稿播完，就连市委常委们的镜头都出不全，况且，市委常委扩大会议所要向社会传递的信息，无法表达！那时的我，真是像"热锅上的蚂蚁"，呼天天不灵，呼地地不应啊，眼看《青岛新闻》的播出时间在一分一秒地临近，我的心如上百只猫的爪子在挠抓！

就在我难以下手改编的关键时刻，党委书记、局长、总编辑姜作杰同志带领党委成员慰问记者编辑并现场释疑解惑，查看合并后的第一次《青岛新闻》的备播情况。姜作杰同志仔细审查稿件，详细审阅了片子，当即表示：敬诚记者的稿子和片子，是没有任何问题的，上午，我也参加了市委常委扩大会议，内容是实事求是的，是与会议相符合的，一个字也不能改，一个镜头也不能改！

就在那一刹那间，我仿佛从"地狱"又回到了人间！

怎么样回的家，我是真记不清楚了，"三台合并"的第一天晚上，我的脑子是乱哄哄的，只记得回到家中时，我所面对的"小年"饭，是一锅无法下咽的被汤泡烂的半生不熟的饺子，我的心里五味杂陈，矛盾叠加，心里犹如当日的天气，冰凉冰凉。但是，回头又想想自己在接到电话通知的第一时间，放下正在下锅的饺子，迅速赶回台里工作，内心又有了些许安慰。因为，记者随时都在等待任务出发，这是记者的职业使命决定的，来不得半点马虎和失职！从那时起，到2001年底，当我即将告别电视新闻中心时，我的内心深处对电视新闻工作充满着更加难以准确表达的敬畏之情，战战兢兢，如临深渊，如履薄冰！

外行人可能只看到电视新闻记者外表的光鲜，却看不到这些记者努力奋斗时的心酸！

也是在1999年（5月8日），我国驻南联盟大使馆被炸，中国海洋大学等多所高校的学生连夜要上街请愿，抗议这一人类的野蛮行为，记者们连夜接到电话，等待上级的宣传意见和方案，几天几夜都不能回家。宣传中生怕有个什么闪失，竭尽全力地避免政治事故和技术事故的发生。

前几天，遇到仍在电视新闻中心工作的李澄编辑，核实一件1999年往中央电视台《新闻联播》传发新闻的事情，那个时候，她在电视新闻中心负责对省台和中央台的通联传稿工作。记得那年夏天的8月，魏显良同志当时负责电视新闻采访部，从市委宣传部一早领回一个题目，要在中央台《新闻联播》报道市北区精神文明创建工作事迹，事情来得很突然，早晨8点开始策划运作，晚上7点就要上《新闻联播》播出，真是一次"天方夜谭式"的采访报道，况且，这不是一般的动态消息，而是一篇长达一分多钟的小专题式的报道，采访的任务就交给了我，在与市北区委宣传部的同志们反复筛选后，从一个居民大院乱丢垃圾袋，到变成楼道干净整洁，居民邻居相互照应的例子入手，写出了《青岛市北区大院文明新风貌》稿子，连采访到写稿到拍摄到编辑成片，时间就到了接近下午五点半。中央台急着要稿，省台线路却不通畅，那时，往中央台传稿子，必须先传给省台，然后省台再传中央台。时间又是在一分一秒地度过，我们焦急地等待，李澄老师的第一次传送省台失败后，紧接着就再次约时间二次传送，那时的传输地点是在青岛贮水山上的有线电视台的大院里，由于连续山上，道路多弯，司机紧张，争取时间，险些出了车祸，汽车临近路垭刹住，避免了一场意外安全事故。好在，在《新闻联播》前，新闻传到了，按时播出了，我的胃紧张地突发痉挛，呕吐不止，可惜了市北区委宣传部的一片盛情，面对一桌美食大餐咽不下去！

其实，记者职业是具有特殊性和挑战性的，特别是广播电视记者的"突前"意识，决定了你必须靠近再靠近新闻现场，否则，就很难拍摄到有用的镜头。所以，记者经常会为了新闻而错过吃饭，灾难现场，战火硝烟，爬冰卧雪，风餐露宿，没日没夜，没假没节，没水没餐，没点没家，这就是新闻记者与众不同的地方，他们看到了别人看不到的事，他们品尝了别人尝不到的苦，当获取新闻素材后，他们会拥有别人无法拥有的喜悦与收获，这种喜悦和收获，往往不都是钱的事儿！

故事之二：

不都是钱的事儿

在媒体工作了这么多年，我有一个切身的感受，作为对大众传播的媒体平台上的人，首先自己要有感情，有温度，有人的情怀，才能向社会传递人的温暖和情怀！

1996年前后，青岛媒体接连发生多起车祸，死亡和伤害让许多个家庭连遭不幸。但是，那个时候的人都有一种情感所在。那时，要捐款都是自觉自愿的，看到人家遭遇困难时，都会伸出温暖的手拉一把，不仅出钱，而且轮班在医院陪护，白天照样采访，没有什么怨言。

从部队转业到青岛电视台新闻中心的一位编辑，重病需要换肝手术，那是需要一大笔费用的，单位上最大限度地进行救助，同志们热情捐款不论多少，心诚所致，令人感动！

保全了一个同志的生命，也就保全了一个家庭的存在，有时想想，这既是钱的事儿，也不都是钱的事儿！

那时候的人，情感比现在的人要纯朴的多，谁家有个什么事儿，基本上都会帮忙的，无论是盖个小厨房，还是搬个家，无论是结个婚，还是生个孩子，无论是大病小病，还是大灾大殃，只要听说了，知道了，都会主动关切一下，都能搭把手帮帮忙！没有现在有些人的急功近利和自私自利，无论是单位上的事儿集体的事儿，也无论是领导的事儿还是普通职工的事儿，只要打个招呼，大家伙也都很热心地相互支持！因此，也就温暖了大家的心！

1996年我从西藏采访回来，做了一个手术，鞠侃彬兄长知道了，正准备出差去北京的他，还是绕道来医院看望。那天，我去别的科室复查，眼看飞机安检的时间临近，他没有能够看到我，很不放心，留下字条和钱，匆匆忙忙地赶飞机了，回到病房看到他写的字条，我感动不已。他的亲笔字条我保留至今，成为我的念想和情感的纽带。要知道，1996年，他早已离开新闻中心工作，但是，他和我有感情！这才是人之常情啊！

我赞同那句名言：世上没有无缘无故的爱，也没有无缘无故的恨！

中国古人也有这样的名言警句：良言一句三冬暖，恶语伤人六月寒！

人的感情都是相互的，自私的人，不会对人有真感情！这一点，我相信！

我是1991年结婚，1992年有了儿子，到1993年电视新闻中心有3个名额可以都北京广播学院（现中国传媒大学）电视系进修，我也知道机会难得，可是结婚生子后经济拮据，怎么办？这时，我前面提到过的那位女编辑吕岩梅老师说：你一定要去，机会太难得了，就是我们大家凑钱，你也要去进修！

就这样，在她的感动与鼓励下，我还是自己筹钱与另外两位老师一起去了北广学院进修。北广食堂的伙食还是不错的，但是舍不得花钱吃好的，在北广的后院传达室旁有个拉面馆，在王府井街口有卖卤煮火烧的，哎呀，最好的伙食改善，就是吃一碗拉面，吃一次卤煮火烧，那个香啊！北广的那次进修对我的一生很重要，很重要！

如今，作为原中央电视台台长杨伟光先生的研究生的吕岩梅老师，深造后留在外地工作，我从内心深处不敢忘记她的鼓励与支持，如果没有她鼓励我去北广进修，或许就没有今天我的梦想实现！我很感激她，也很想念她，希望在青岛能够再见到这位老师，我的新闻前辈，我将用香醇的美酒表达我多年来对她的由衷的敬意！这不是钱的事儿，这是一份人的情义！

故事之三：

知不足而学

进入21世纪的青岛广播电视事业，可谓人丁兴旺！展望未来，我们信心满怀！再过几个月，我们将进入2019年，迎来青岛广电的70华诞！

1949年6月2日随着青岛的解放，也诞生了青岛人民广播电台。1971年又在全国城市台中率先成立了青岛电视台。青岛广播电视事业的迅速发展，使来自全国的各个界别的知识分子和工人、干部、下乡知识青年、部队的复员转业军人和大学毕业生，相继投身到青岛的广播电视的发展中来，承担起青岛广播电视事业的发展重任。

然而，想当一名广播电视新闻记者，特别是想当一名优秀的广播电视新闻记者，却并不容易。当我来到青岛电视台新闻部工作时，是1991年，尽管自己是从1981年在部队时就开始了新闻报道，1986年回到地方工作后，又开始接触广播和电视新闻报道，从新闻通讯员，到特约记者，从电视主摄像，到电视新闻记者、新闻编辑，但是，一步步走来，专业知识的不完备，文化储备的能量不足，很多次都使我对所从事的新闻专业打过"退堂鼓"！

我这一生在为时不远的将来，即将告别广播电视事业，唯一的遗憾是没有能够在全日制大学的课堂里，真正享受"天之骄子"的骄傲和学习的知足！

在学习上，我是真的不知足！也深知自己的缺憾和无能为力！所以，我在羡慕如今那么多的高等院校的高才生们，选择了青岛的广播电视事业，就应当为其未来的发展，添砖加瓦！这不是一句套话，而是实实在在的忠言相告：如果没有青岛广播电视的存在与发展，你们的前途又将在哪里？

20世纪的广播电视人，是白天采访报道，晚上走进夜大或电大的校门，拼命地补习文化。我也是其中的一员，先是在部队函授学习北京语言文学自修大学，然后一边在北广进修了新闻编导专业；回台后又继续一边在山东师范大学夜大学青岛分校读汉语言文学专业，直至本科毕业。那样的日子，回想起来很充实，但是也很疲惫！但是，因为心中有梦想，心中有想当电视新闻记者的梦想，而不怕劳累，甚至晚上来不及吃饭，就奔向夜大的校园！每个年代的人都是这样的学习和工作，都很认真地对待和珍惜来之不易的机会和人生，没有钱，也没有机会去挥霍自己的生命和命运！

记得那还是在1992年的一个夏日的晚上，我住在太平角一路，从夜大放学回来后，独自在湛山三路和太平角一路上散步。这时，突然一辆车闪着大灯停在了我的眼前，定睛一看，原来是电视新闻中心的崔海老师和借调工作的林小乐老师，刚刚完成一次采访，准备回台送设备。崔海老师问我，这么晚了，怎么还在散步，我告诉他，刚刚从夜大放学回来，正在边散步边思考明天的采访框架。他点了点头，表示理解，没有再说什么，车子渐渐远去，消失在夜幕中。

多少年过去了，这一幕情景总是时而闪现在我的眼前，崔海老师早已办了退休，下一步就该渐渐轮到我们了！人生就是这样的继往开来，人活一辈子，总是要有一种精神的力量，不必顾忌年龄和存活的长短，人生能留下点痕迹和念想，特别是艰苦时代的奋斗，胜利时刻的清醒，哪怕有那么一点点无愧于人生的足迹，也是人生弥足珍贵的财富！

我会时常想起那个一边工作一边学习的年代，白天采访，晚上去上夜大，回家后，妻儿都已熟睡，我用布帘遮挡灯光，悄无声息，独自一人，挑灯夜战，直到凌晨两点甚至三点半，仍在读书写作，补充能量，乐在其中！

故事之四：
一次终生难忘的新闻采编人员岗位考试

如果我要说，我现在手上的"新闻记者证"是我拿命换来的！也许，您会认为我是在说笑话，其实，这是一次真实的职业生涯经历，也是一次刻骨铭心的人生经历。还有50个月时间，我就达到国家规定的退休年龄了，台人力资源部负责管理记者档案的苗毅老师说，2019年的8月，又将重新换发"新闻记者证"，我想我的今生是不会再有这样类似的考试经历了，况且，2016年我已获得了山东省委宣传部高级职称评审委员会"主任编辑"的新闻职称资格证件。

故事发生在2014年的2月23日。由于国家机构改革，原先使用了多年的国家新闻出版总署颁发的"新闻记者证"作废。新组建的国家新闻出版广电总局组织实施了一次全国规模的"新闻采编人员岗位考试"，除有副高级新闻职称的人员可以免试外，只要想再重新拥有"新闻记者证"，必须经过严格的考试来获取资格。2014年的我，虽然已年满51周岁，但仍是新闻中级"新闻编辑八级"任职资格，那时，还尚未申报新闻高级职称。因此，要想获得新闻职业的终极追求，要想取得"新闻记者证"必须考试。

我在此首先要感谢台人力资源部的苗毅老师的热情相助，他不辞辛劳，为我准备了详细的考试通知，考试地点的百度方位资料，人民出版社出版的《2013新闻记者培训教材》上下两册厚厚复习资料。这些宝贵的文件和资料，时隔5年的今天，我依旧完好地保存着，成为我人生中的珍藏记忆……

这两册复习资料，"单选题"200道；"多选题"200道；"判断题"200道，共计600道题。

这600道题，可能对于一个刚刚走出大学校园的大学毕业生来说，那是"小菜一碟"，但是，对于一个年过半百，既要工作，又要照顾两位90岁高龄的耄耋老人的人来说，可就不是那么简单了，不信的话，您可以试试看！

就这样，从我拿到苗毅老师给我的复习资料的2013年的年底，到2014年的2月23日进考场，2个多月的时间，我将600道题目，先后复习背诵了10遍，600道题复习10遍就是6000道题啊，而且，多半都是在服侍老人们休息后，一直复习背诵坚持到下半夜，直至上考场前，累得陈病复发，上消化道出血。

可能在一些人看来，非常不理解，不就是一个"新闻记者证"吗，有什么了不起的，大不了不要就是了！但是，他们不曾想到，一个人有一个人的梦想，一代人有一代人的追求，新闻记者就是我的终身职业追求，始终与新闻工作相依相偎，我还有一个最大的心愿，就是到2023年，还有不到50个月的时间，我希望能够获得全国新闻工作者协会颁发的从事新闻工作满30年纪念章后，圆满离开新闻岗位。我想，这一愿望很快就会实现的，因为我的优秀通讯员证书和特约记者证，还有我多年来积攒发表的新闻稿件、获奖证书，将是我最直接最有力的证据，证明我连续的早已超过了30年的新闻报道工作。

考试如期到来，2014年的2月23日上午11：15-12：45，在位于青岛市李沧区金水路1577-10号的青岛拓普科技培训学校，凭"两证"（身份证和记者证），再通过武警战士的哨位，才能进入考场，考场内全部都有执勤武警部队监考。

考试前，由于是在计算机教室考试灯光太暗，我提出更换光线明亮的教室，这一请求很快得到答复，立即被调整到靠近向东边方向的一间非常宽敞明亮的大教室，考生只有我自己，一名武警战士专门陪我，这真是一次难得的享受"专有待遇"的考试。

我一生反对任何形式的作弊行为，早已胸有成竹，无论是怎样的监考，我自"岿然不动"！

临近考试结束，也是从部队转业来台的老应同志，吵闹着考场灯光太暗，看不清答卷，来到这间"特殊"的考场，与我"为伴"，我示意他安静答题。

在规定的考试结束时间尚未到来时，我把考卷交给了陪同监考的武警战士，并与他握手，道一声辛苦！

就在参加考试后的8个月，2014年的10月28日，我亲爱的母亲永远地离开了我，她和父亲是我夜以继日、废寝忘食筹备《新闻记者证》考试的见证人。

后来，苗毅老师告诉我说，100分满分的考卷，我的考试成绩是97分。

我把这个成绩献给了我钟爱一生的新闻事业，也献给了我的父母双亲。至今，"新闻记者证"里始终存放着我所敬爱一生的父亲母亲的标准照片，无论我走到哪里，都将与他们相伴相随，我的生命是他们赋予的，我追求事业的勇气信心和力量，也是他们赋予的！

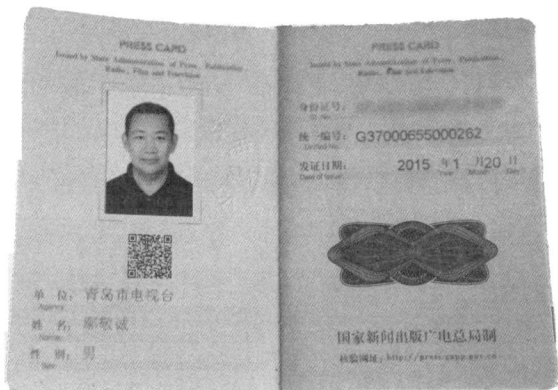

作者的"新闻记者证"

这是一次非常重要的人生经历，这也是一次非常重要的记者生涯的终身职业追求的经历，这次经历将会永远地铭记在我一生的记忆深处，永久地珍藏！

2019年9月曾于青岛市广电协会学刊《视听纵横》发表

亲历厦门与金门岛

在厦门市安业民烈士的墓前，作者致军礼

1999年9月，我随同青岛市首批赴台湾新闻记者交流团去台湾参访，那次参访的意义是重大的。第一，当时还尚未实施真正意义的"三通"，要参访台湾，必须履行若干繁杂的手续，而且必须经香港绕道面签后，才能飞往位于台北的机场。那时，我是青岛电视台历史上的第一个赴台湾参访的电视新闻记者，大陆也还没有派驻新华社记者驻台采访，在我们交流团之前赴台湾的大陆记者，总数也没有超过200人。在台湾高雄期间，还遭遇了百年一遇的"9·21全台大地震"，此前一天，我们刚刚离开大地震的中心点，也就是台湾的中部地区尚不到一天的时间。

1999年的台湾之行，让我产生过一个念头，既然台湾岛都来了，那么金门岛之行也就为时不远了吧，没承想，这一愿望的实现，一等就是18年。

2017年12月13日入夜，我终于如愿首次飞抵厦门，并与妻子于12月14日上午在厦门导游谢丽凤老师的全程陪同下，前往厦门的出入境机构办理了赴金门岛的相关手续。这是一次"炮击金门"之后，近60年来的为期两天一夜的"自由行"，机会真的是来之不易啊！

厦门，又称为"鹭岛"，比我想象中要美丽干净得多，这座改革开放后被国家设立的"经济特区"的海岛城市，高架桥、隧道和地铁一号线，已经连接岛外，四通八达，而且整洁的街道上，到处是盛开的五颜六色的市花"三角梅"，令这座面积不大的"特区城市"充满着活力和生机。

特别是在2017年7月8日，所属厦门市的鼓浪屿国际历史社区被列入《世界遗产名录》，成为中国第52项世界文化遗产项目。

鼓浪屿四周海茫茫

海水鼓起波浪

鼓浪屿遥对着台湾岛

台湾是我家乡

登上日光岩眺望

只见云海苍苍

我渴望

我渴望

快快见到你

美丽的基隆港

……

鼓浪屿海波在日夜唱

唱不尽骨肉情长

舀不干海峡的思乡水

思乡水鼓动波浪

思乡思乡啊思乡

鼓浪鼓浪啊鼓浪

我渴望

我渴望

快快见到你

美丽的基隆港

一首《鼓浪屿之波》道出了多少海峡两岸亲人的思乡之情啊！难怪诗人舒婷在她的《日光岩下的三角梅》中写道：

……

呵，抬头是你

低头是你

闭上眼睛还是你

即使身在异乡他水

只要想起

日光岩下的三角梅

眼光便柔和如梦

心，不知是悲是喜

　　一支歌，一首诗，道不尽思乡之情，说不尽骨肉情长！

　　沧海桑田，时间和空间承载着历史，历史也在时空中发生着巨变。

　　厦门的道路比想象中还要通畅许多，一眨眼的工夫，从厦门市区行车20分钟，经翔安海底隧道、翔安大道、翔安南路和东路，我们便来到了"英雄三岛战地观光园"。在位于厦门市翔安区东南部的大嶝岛、小嶝岛和角屿岛三个岛屿，是祖国大陆离金门最近的地方，被老一辈革命家誉为"英雄三岛"。半个世纪前的海峡军事对峙时期，三岛军民英

世界最大的军事广播喇叭

勇奋战，坚守海防。园区保存有当年对台广播站所用的世界最大军事广播喇叭，炮战中遗留下来的战争坑道，炮阵地遗址及各类轻重武器，拥有"八·二三"炮战纪念馆，三岛民兵风采史迹陈列馆、空飘海漂文物展，红色记忆典藏馆等特色场馆。

　　从英雄三岛回来，我们一行直奔厦门市区的植物园，在

那里烈士陵园与植物园浑然天成，苍松翠柏与竞相开放的三角梅的花丛中，长眠着我们的英雄，我崇敬的战友安业民烈士。植物园和烈士陵园是开放式的管理，不分年龄的市民们或举家祭扫英烈或在他们的身旁，述说往昔的岁月和今天的生活。

如今的厦门，白天车水马龙，入夜灯光璀璨，走近绵绵延延海滩，到处是拉着小提琴，吹着萨克斯风《回家》的欢快的人们，真是一座音乐之城啊。

夜厦门，对岸是祖国的金门岛

门对门，隔海相望六十载。

亲连亲，海水难阻一家人。

2017年12月20日上午8点30分，我与妻子随团乘"和平之星"号快艇，驶向金门岛。这是一艘可以一次搭载上百人的快艇，快而平稳，半个小时，便由厦门的五通码头抵达目的地。

严格的安检通关后，金门的导游许小姐便接替了厦门导游的工作，开始了为期两天一夜的金门之旅。双层大巴只用了5分钟时间，便抵达第一个景点水头古厝群，是早年漂洋过海到南洋谋生的金门人回家修建的，如今改做咖啡馆等生意，做生意的老板娘与我的年纪相仿，她在交流时坦言：只有实现了"三通"，客人来了，我们才好做生意，有钱赚，吃上饭。

在这一点上，导游许小姐也表达了同样的意思，她介绍说：过去呢，是军事管制，岛上的居民是完全要靠养鸡、养猪、种蔬菜来供给驻防的军队，赚一点钱生活，岛上并没有什么资源，最多时驻军达10万之众，百姓的生活很穷困。

金门岛一县5个镇，约有人口5万。除了古厝群民居，可以看到福建风格的建筑外，几乎到处是废弃的碉堡和军事设施，因此，在金门可以游览的地方，基本上都是与军事有关的，比如马山观测站，狮山炮阵地等，到处都是锈迹斑斑的海上防御的铁蒺藜，而且是一半开放，一半有军人把守，开放的区域通过望远镜可以清晰地看到厦门及海上往来的各种船只。

金门岛的风比较硬而强劲，因为这个海岛四面环水，孤悬于厦门岛的东海外。岛上多丘陵，多湾岸，在未开禁之前是一个戒备森严的地方。当年开挖的翟山坑道，如今成为观光景点，我们去时，刚刚举行过一场音乐会。坑道很深，当年开挖异常艰辛。如今，随着时间的远去，只能听到坑道外滚滚而来的涛声风声和浪拍礁石的巨响。

金门岛上荒草漫漫，人烟稀少，有公共汽车和出租车，但是乘客不多。岛上有小学、中学，还有一处金门大学。

贡糖、钢刀、中药、金门高粱酒，是金门岛的经济命脉产品，也是到访者可以采购的当地土特产。

在金湖镇上，有一处号称亚洲最大的免税商场，这样一座高大的现代建筑还配有五星级酒店，立于一个小镇上，与周边简朴的民居环境并不是很协调，而且它的对岸还有一家金门医院和一座金门监狱，另有一处电动摩托车的修理店，门前堆放若干摩托车，摩托车是金门岛上出行的主要交通工具了。

免税商场并不能供应给当地居民货物，因为是要凭证件购买的，即使是当地和厦门的导游也不能例外，而且，购买的货物限量，且不能经过顾客之手，而是由商场派员直接送入码头验货后才能通行。

商场里负责书店的工作人员，是一位来自台湾的女大学毕业生，面对稀少的顾客显得很无奈，交谈中她说，来金门工作，只是想来看看金门到底是个什么样子。

金门岛上也有飞机场，大约飞行20分钟即可飞往台湾。所以，一些在大陆工作的人，总是乘快船取道金门岛上乘飞机赴台湾。

金门岛之行，留给我最深刻印象的就是在马山的观测站，看到了邓丽君在1991年到金门时对大陆广播时的器材和留影及讲稿。在金湖镇的"金门迎宾馆"，过去是一处修筑于山丘下具有防空设施的两层楼的军人招待所，专门用来接待当年来金门的显贵政要，其戒备异常森严，层层的宪兵把守，进出时还需要出示特别的"介绍信"，新加坡的李光耀，著名歌手邓丽君，曾在此居住过的房间仍被保持着原貌并且加以特别的标注字样。

2017年12月，作者拍摄于祖国金门岛上的"邓丽君音像资料展"

迎宾馆如今对外开放，整个二楼几乎都被邓丽君的各个时期的图片展和书籍、唱片、盒式录音带等展品包揽，其视觉冲击效果非常强烈，宛如斯人仍在人间。

邓丽君也是我从高中时代起一直延续至今，令我特别喜爱的一位歌唱家。那时是中国改革开放的初期，对于她的歌声，人们只能悄悄地欣赏着，用一个类似于砖头大小的盒式录放机。邓丽君最终也没有能够有机会回到大陆演唱，这应该她一生中最大的憾事！

2017年12月20日的那一夜，我和妻子是在金门岛上的金湖镇度过的，金湖镇上小桥流水，寒风瑟瑟，行人稀少，几只白鹭在水渠边展翅舞蹈，望着窗外那寂静的夜色，我的耳畔情不自禁地响起了邓丽君的那首《小城故事》和《在水一方》：

绿草苍苍

白雾茫茫

有位佳人

在水一方

绿草萋萋

白雾迷离

有位佳人

靠水而居

……

两天一夜的金门岛之行，在不经意间就这样留在了我的人生记忆中。不知何故，我的全球通手机，竟然在金门岛上没有了信号，回到厦门的五通码头时，手机的信号又不知怎的出现，这使我不觉一脸的茫然。

这时，我才得知了一条让我为之伤痛的消息：著名文学家、诗人、散文家、《乡愁》的作者余光中先生，于2017年12月14日在台湾逝世，享年89岁。

余光中先生1928年10月21日出生于南京，祖籍福建永春。年轻时随母亲到台湾。1971年他在位于台北的厦门街旧居，写下了著名的《乡愁》。

　　小时候，
　　乡愁是一枚小小的邮票，
　　我在这头，
　　母亲在那头。
　　长大后，
　　乡愁是一张窄窄的船票，
　　我在这头，
　　新娘在那头。
　　后来啊，
　　乡愁是一方矮矮的坟墓，
　　我在外头，
　　母亲在里头。
　　而现在，
　　乡愁是一湾浅浅的海峡，

我在这头，

大陆在那头。

2018年8月曾于青岛市广电协会学刊《视听纵横》发表

人生：既要读书　也要行路

　　明代著名书画家董其昌论述画家六法时曾经说过：读万卷书，行万里路，才能使画作气韵生动。书画同理，作为新闻工作者，读万卷书，行万里路，是职业的要求，更是培养和提升个人修为的必由之路。作为从事新闻30多年的编辑记者，我尝试着努力实践这句名言，并有所得。

福建泉州清源山上老子雕像

2017年的岁末，我去福建采风，10天行程，在谢丽凤老师等多位福建导游的陪同下，足迹遍及厦门海岸及街区、炮击金门战场遗址、安业民烈士纪念陵园、厦门大学校园、曾厝垵、鼓浪屿、集美的毛泽东为陈嘉庚题写的纪念碑，及陈嘉庚故居和其捐建的学校、漳州的土楼、位于泉州模范巷的温陵养老院晚晴室遗址和宋代朱熹讲学旧址"小山丛竹"，瞻仰了泉州清源山上的老子雕像和弘一大师雕像及舍利塔，拍摄了中国古代海上丝绸之路的起点港口刺桐港，首次登上了与厦门隔海相望的祖国的金门岛，最后乘高铁行脚在福州的三坊七巷。

一路走下来，福建悠久深厚的人文和历史积淀，令我叹为观止。在每一个地方都足以使我的笔触发出道不尽的感慨。福建人杰地灵，可以说是世界上的一切宗教文化形式在这里都有所体现。特别是在福建的泉州，集中地汇聚了"儒、释、道"的中国传统文化，让我大有意外之收获。其中令我最难忘的是，在泉州瞻仰"二十文章惊海内"的弘一大师的遗迹。读陈星先生在上海三联书店出版的《李叔同——弘一大师影像》，书中记载：李叔同——弘一大师（1880-1942），是文学家、书法家、金石篆刻家、画家、音乐家、戏剧家、艺术教育家、佛学家，等。1880年10月23日生于天津；幼名成蹊，学名文涛，字叔同。出身宦官富商之家的李叔同，自幼饱读经书，涉猎甚广，支持变法维新运动。他是中国近代学堂乐歌奠基人之一，1906年在日本创办中国第一份音乐杂志《音乐小杂志》，并与同学创办"春柳社"，上演话剧，开中国话剧之先河。1912年春在上海主编

《太平洋报》画报副刊。1913年创作中国第一首合唱歌曲《春游》。1914年，在中国首用人体模特进行美术教学。1918年出家为僧，云游四方，刻苦研律，为近代著名高僧之一。1942年10月13日在福建泉州圆寂。堪称吾辈先哲的李叔同——弘一大师，一生充满传奇色彩，是一位绚烂至极归于平淡的典型人物。后学评价大师的一生为"无数奇珍供世眼，一轮明月耀天心。"

清源山上的弘一大师雕像

时间回溯到2010年的10月，我在青岛湛山寺摄影采风，在参访创建湛山寺的倓虚大师纪念馆后，从他的一本《影尘回忆录》中了解到，1937年"七七事变"前夕，弘一大师曾应倓虚大师邀请，到青岛的湛山寺讲律，并且留下许多佳话。弘一大师决定前往青岛弘法时，他曾约法三章：一不为人师；二不开欢迎会；三不登报吹名。1937年农历五月初八，朱子桥居士及当时的青岛市市长沈鸿烈等，设斋请弘一大师，大师不赴请，以偈辞之曰："昨日曾将今日期，短榻危坐静思维。为僧只合居山谷，国士筵中甚不宜。"弘一大师的成就世人公认，但他自己却十分谦虚。他还曾为自己取了一个名字叫"二一老人"。意思是一事无成人渐老，一钱不值何消说。

2010年的年底前，我首次来到杭州采风，参访了弘一大师纪念馆（也就是李叔同先生纪念馆）。弘一大师为中国近代著名的高僧，出家的地点就是杭州的虎跑，因此，他在圆寂后的一部分舍利子，建塔葬于杭州虎跑，并建立了纪念馆，纪念馆的门顶端的前额上书四个大字"以戒为师"。他是研究佛法戒律的，佛法的戒律在我看来，就是一种佛法的"道"。在李叔同先生成为弘一大师前，他是具有多项才艺的民间大师，为人谦和，倡导"士先器识而后文艺"的思想，就是要求自己和学生，首先要重视品行修养，然后再去从事文学艺术的创作，这也就是他的"道"之所在。他的学生丰子恺先生对此深有体会，并受益终身。丰子恺曾在《李叔同先生的教育精神》一文中引述夏丏尊对弘一大师的评价"做一样，像一样"。丰子恺进而解释说："李先生的确做一样像一样：少年时做公子，像个翩翩公子；中年时做名士，像个名士；做话剧，像个演员；学油画，像个美术家；学钢琴，像音乐家；办报刊，像个编者；当教员，像个老师；做和尚，像个高僧。李先生何以能够做一样像一样呢？就是因为他做一切事都认真地、严肃地、献身地去做。"李叔同——弘一大师具有这样一种做什么就像什么的执着精神。他是一位注重人格感化的教育家，他曾强调"文艺应以人传，不可人以文艺传"。随着人生的修养精进，他越加重视的是人格的修为，淡泊的是世俗的名利，终成一代大师。

所以，弘一大师留给我的印象是极其深刻的，我也心存参访他的足迹的愿望。弘一大师圆寂地，是福建泉州的温陵养老院晚晴室，1942年10月13日圆寂，世寿62岁。在此之前曾写下绝笔"悲欣交集"四个字。

参访弘一大师的圆寂地，并非易事。几经周折，从厦门长途跋涉来到泉州，但是，新建住宅已经将泉州的模范巷温陵养老院晚晴室遗址掩盖其中。一条狭小的胡同，民国四大高僧之一的弘一大师的圆寂地，并不被许多当地人所熟知。况且，他的圆寂地，曾被泉州市第三人民医院（也就是泉州市精神病医院）征用多年。如今，据说医院与外资合建，已搬往市郊。夹杂在高楼林立的居民楼院里，而留下难以避雨的弘一大师曾经居住过并在此圆寂的几间房屋破烂不堪。在大门守卫的干预下，不许拍照，我们只能从门缝中看到地面的凌乱和墙壁上改作他用后留下的字迹，晚晴室这一珍贵的历史遗迹，已经面目全非了！好在听说，已经有规划，2018年的6月，即将开工建设公园，我非常期待这一工程的进行，能够尽快保护文物，传承后代。不然的话，我们的生活和环境在飞速地发展和变化中，许许多多的宝贵的国家物质文化遗产，随着"现代化"的脚步，将丧失殆尽，再也难觅踪迹了。重建固然好，但是已经不再是"修旧如旧"的文化原貌了。

弘一大师圆寂的"晚晴室"遗址

尽管在泉州的模范巷，弘一大师的圆寂地令我感慨万端，但是，毗邻几步之遥的一块石碑和一处牌坊，却引起了我极大的好奇与关注，"小山丛竹"几个字，表明它的历史和含义。原来，这处"小山丛竹"竟是宋代大儒朱熹当年在福建讲学的地方。

弘一大师圆寂的地方温陵养老院晚晴室与儒家大师朱熹讲学的地方"小山丛竹"，竟然近在咫尺，也就不出十步在一个院子里，这究竟是"天意"还是人为？不得而知。但是，历史的事实，就是这样不可分割地把"儒""释"两个大家，联系到了一起，兴许是机缘巧合吧，不免令人心生感慨。他们两位大师都是传播中国传统文化的大家，自"释"引入中国以来，就与中国的"儒和道"，不断地相互激荡与融合之中，讲述的都是做人与做事的道理和规矩。

朱熹讲学的"小山丛竹"与弘一大师圆寂的"晚晴室"，在福建泉州的模范巷在同一院落内

2019年3月曾于青岛市广电协会学刊《视听纵横》发表

印象·严歌苓

写作一些对于作家严歌苓的印象的文章，应当是我蓄谋已久的事情了，因为自己正在写作出版一本叫作《生死尊严——与在天国母亲的七次对话》的书，急于出版纪念已故三周年的母亲，而耽搁了下来。2017年的岁末却临近了，似乎不把对作家严歌苓的印象写出来，2017年就会留下创作生活中的遗憾似的，于是，我将印象中的严歌苓写出来，与大家分享读书的收获与快乐。

严歌苓步入青岛读者交流会现场

最初，我是从严歌苓的书中认识她的，原因是冯小刚导演在北京大学生电影节中获得最佳导演奖时的一段即兴演讲。他说，有一部叫《芳华》的电影正在拍摄中，是描写部队文工团生活的作品，电影节的现场还播放了一组拍摄花絮，于是让我记住了这位名导演的最新作品。因为我喜欢看电影，所以，总是在第一时间捕捉新的电影信息，这或许是我的爱好，但也跟我的电视记者工作密不可分。

有一天逛书城，无意间发现了一本名叫《芳华》的书，作者是严歌苓，出于好奇就买下来读。事后，我给朋友们介绍严歌苓的作品时总是说：我以前是很少读小说的，但是读了她的作品后，开始喜欢啦，我读她的小说《芳华》《床畔》和散文集《波西米亚楼》都非常棒，她的棒在于作品有一种真诚感！

这就是严歌苓留给我的第一印象。从那时，我不仅关注她的作品，还从她的作品中了解到弗洛伊德关于人格的三段论：本能；自我；超自我。她在书中写到，孩子向成人的成长，是本能向自我的进化，而普通人变成英雄，则是自我向超自我的飞跃。在我的少年时代，没有任何职业比当解放军更神圣和荣耀。因为那是一个崇尚英雄的时代。一点没错，严歌苓出生于20世纪的1958年，比我年长5岁，2018年将迎来她的60周岁。我们那个时代，对于军人有着特殊的情结，感到当兵是那么的无上荣光。于是，她12岁进入部队文工团跳芭蕾舞，我18岁参军当上特种部队的侦察兵，我们都有过部队生活的经历，尽管岗位不同，但是都曾有军人的称谓。这一人生的经历，也使她的作品里有了浓浓的军人味道，也就促使我加深了对她的印象。当然，她在其作品中还介绍了英国作家劳伦斯的著作，让我读到劳伦斯现代文学经典的扛鼎之作，看到了废墟上的生命童话，读到了一首人性的赞美诗，这一点要感谢作家严歌苓的引导。

于是，我就在想，如果能够见见严歌苓，听听她对于创作的阐述该有多好！在当时可以说这仅仅是一个梦想吧，因为严歌苓从部队文工团，几经命运的周转，先是当上战地记者，后又出国留学，成为好莱坞编剧家协会成员，远嫁美国外交官，虽然家居柏林，但却是常年在世界各地间奔忙，与她相见，就好像是"亚洲的熊猫与非洲的数猫谈恋爱"，简直是一件不可想象的事情。

然而，"梦想还是要有的，万一实现了呢？"2017年8月10日上午，我在电视生活服务频道《生活在线》栏目的办公室查阅严歌苓曾经的作品《人寰》时，无意间看到了有关于她的最新动态，当日下午来青岛书城举行读者见面会，签售新作《非洲手记》，简直是太不可思议了，不可思议！机会就这样真的来了，而且是为有准备的人而来的！

我放弃了午休早早来到了现场，好久不拿相机的手却已在"摩拳擦掌"了！

比约定的时间还是稍稍晚了一些，因为她从崂山回来的路上堵车。

一袭白色的连衣裙，朴素大方。严歌苓款款走来，年轻自信的神态，与她的实际年龄大相径庭，这不禁使我想到她曾对年轻与美丽的阐述："年轻是一种振奋和燃烧的状态，美丽源自灵魂的丰富和坦荡"。

　　她没有刻意粉饰与装束自己，应邀侃侃而谈自己的创作体会，简洁明了。看得出她是随和的、有专业秀雅的范儿、更有文化滋养的内秀。她说她在文工团期间来过青岛，那时的青岛人很少，清闲而秀美的城市风貌，没有现在这样的高楼林立，马路拥堵，这是她第二次来青岛，不过，现在的青岛也有现在青岛的好！她的开场很中肯，一如她的作品毫无掩饰，畅快直言。此刻，我为她拍摄下大量的镜头，真实地记录了她的这样一次见面。

2017年，著名华裔作家严歌苓在青岛与读者交流

她的许多观点都是我赞同的，似乎是一种久违的契合，比如她对读书与写作的看法。她认为，读书要慢慢读，生活要慢慢品。生命本来就很短暂，何必匆匆忙忙，手忙脚乱。她并不把写作当成是一种苦差事，反而觉得很开心。我读到一本朋友赠送的时尚杂志，有一篇对严歌苓的专访，她在回答记者的提问时谈道：我现在的习惯是，在八九点钟家里人都出门以后，我开始写作，写到一两点结束，下午还有大把时间，什么也不耽误。写作前，比如我会准备好高档的稿纸、干爽的棉袜、辣面条、一瓶陈年的红酒，辣面条是为了保持思维亢奋。写完以后，躺进浴缸里泡一个澡，喝一杯红酒，也就不会觉得这一天的工作有多辛苦了。我试过用电脑打字，但操作不熟练，写好的东西总是找不到，还是稿纸更有质感，一沓一沓写完堆在旁边，多有成就感啊！

这就是严歌苓，看上去好像她对写作环境有很高的要求，其实，当你读一读她的散文集《波西米亚楼》其中的文章之后，在她成为著名编剧和作家之前，无论是家庭、还是军营；无论是跳芭蕾，还是当战地记者、当铁道兵部队的专职创作人员；无论是婚姻，还是部队转业后的专职写作，更有甚者是她在美国形同"乞丐"般的勤工俭学、体验生活，都经历了不为人所知的异常艰辛。正是这样人生的种种磨难和来自生活的积累，才成就了今天的严歌苓，于是，我感到了她的作品真实而饱满，情真而意切，充满着真诚和善良情怀，充满着对世间万物生灵的敬畏！

严歌苓说："写作不是逃避现实的方式，而是通向自由的出口。"

读书和写作，可以滋养一个人的生活和性情，这非常好，非常有道理，正所谓"大道至简"。比如她说要想写作，就要多读书，多走出去，多长见识，放开自己的眼界，使自己站得更高一些。因此，她经常游走于世界各地，她说："我在一个地方住得久了一点，就会感到发慌，就会内心有一种不安全感。"我理解她的话外之音是：这个世界变化太快了！

见面会不过一会儿的时间，很快就结束了，但是严歌苓留给我的印象是长久的，其中，不仅有她真实的音容笑貌，也有她编剧的电影作品，比如陈凯歌导演的《梅兰芳》；比如章子怡主演的《危险关系》；比如张艺谋导演的《归来》；还有由她编撰的解说词，由成龙解说的纪录片《地球，神奇的一天》；也还有陈冲导演的早期作品《天浴》。除了耳熟能详的电影作品外，严歌苓留给我印象最深刻的还是她的文学创作，平实之中见神奇之笔，有文采、有生活、有担当、有耐心、不浮躁，纪实性的、敢说真话的、有情感的、有历史的，也有当下现实的记录，朴实而无华，真实而坦诚。这就是我对作家严歌苓的粗略印象吧。

原载《作家报》2017年12月22日

关于灵魂

——聆听周国平先生的现场阐述以及我的感悟

2018年的10月1日国庆节，就在节前的5天，周国平先生途经青岛办事，顺道在东部的一家私营书店应读者之邀，举办了一场名为"如何与孤独共处"的读书分享会。在这场读书分享会上，亲耳聆听先生对"有关灵魂"问题的诠释与阐述，的确是一件令人耳目一新，受益匪浅的事情。

2018年，作者在青岛与周国平先生交流，并将自己写作出版的《生死尊严——与在天国母亲的七次对话》一书签名赠送给他

周国平先生为当代著名学者、作家。1945年生于上海，1967年毕业于北京大学哲学系，1978年考入中国社会科学院研究生院，先后获得硕士、博士学位，现为中国社会科学院哲学研究所研究员。

读周国平先生的作品，总是能带给我一种全新的感受，"作为中国社会近几十年巨大变迁的亲历者"；"从自己的视角出发"，他的写作总是在用一种既诚实又超脱的眼光看自己，看社会，因而具有了一种真诚感、平实感，同时又具有了一种高屋建瓴般的哲理架构与反思内涵。

用他的话来说"尽可能地诚实""尽可能地超脱""把自己当作认识人性的标本""一切外部经历都可以转化成心灵的财富"！他的作品《人与永恒》《安静》《妞妞：一个父亲的札记》等，处处都显现着周国平先生对于生命、对于心灵的敬畏与真诚！

对哲学略知一二的人都知道，周国平先生是中国研究尼采的著名学者之一。德国著名哲学家、西方现代哲学的开创者、诗人尼采，其许多作品中，都是以美学解决人生根本问题的人生哲学的经典，尼采总是立足于人生谈审美和艺术，著述颇丰。

在《尼采诗集》的扉页上，我分别摘录了周国平先生的译稿《我的幸运》和《勇往直前》

我的幸运

自从我厌倦了寻找，

我就学会了找到。

自从我顶了一回风,

我就处处一帆风顺。

勇往直前

你站在何处,你就深深地挖掘!

下面就是清泉!

让愚昧的家伙去怨嗟:

"最下面是——地狱!"

尼采还曾经说过这样的话:一切诗人都相信,谁静卧草地或幽谷,侧耳倾听,必能领悟天地间万物的奥秘。

尼采这般充满哲思的语言,在我读后看来,对于那些追逐金钱和名利以致手忙脚乱,心浮气躁,抑郁焦虑的现代人来说,无异于是一针可以用来调养心灵的清心良药!

在青岛与周国平先生的这次相遇,看似偶然,实则非也。我早已与他神交已久,总是期待在一个什么样的场合能与先生见面,聆听他关于灵魂的诠释与阐述。

出于一个电视新闻记者的职业习惯,当我获悉周国平先生读书分享会的信息后,当晚便开始准备。

2018年9月27日的下午,离晚上7点钟的见面活动还差整整2个小时,我便来到现场等候。

晚上7点钟,周国平先生在读者的鲜花与掌声中应约而至,信步走来,神态自信而礼貌。他个头不高,穿着无领的黑色T恤衫、休闲裤、一副黑色方框深度眼镜,更添几分知识分子所独有的气质。

开场简洁而轻松，主持人介绍了周国平先生带来的四部作品，周国平先生就书的创作谈了体会，并就人类的爱、孤独、灵魂等多个方面的问题与读者交流互动。第一个话题是应如何理解爱和孤独的相处？他说，我的写作和生活中，始终被爱和孤独折磨，但是一直很享受孤独！如果一个人的内心情感是丰富的话，那么爱和孤独都应该享受。

读者向周国平先生献花，周国平先生受到青岛读者的热情欢迎

在谈到物质与精神的关系时，周国平先生讲道，物质问题的解决是无止境的，物质上清贫一点，对成功一点都不妨碍。他在谈到翻译第一部尼采作品时说，当时他还正是一名在读研究生，写作环境是在单位上分配给他的6个平方米的地下室里。2个月的时间里完成了20万字的作品，他一点也不觉得苦，反而觉得是一件幸福的事情，高兴了好长一段时间。

在谈到中国的家长对孩子未来成功的关注时，他认为中国家庭缺少一个灵魂的概念，父母生孩子，灵魂不是父母生出来的，而是一个独立的个体，应当尊重。家长们太焦虑了，应当放手让孩子自己去争取幸福。父母和孩子都是独立的个体，都是平等的关系，遇到问题应当一起分析商量，建立一种平等互助的朋友关系。我们要发现爱、要珍惜爱，孩子的未来，一半掌握在"上帝"手上，另一半则掌握在他自己手上，这是个素质培养问题，自己要有承受能力，要有承受苦难的勇气。生存压力导致焦虑是一个非常现实的问题，有志气、有决心来解决自己的生存问题，别人能解决问题自己也能解决，依靠父母的中国孩子长不大。哪里有公平？自己找公平。他表示自己对待孩子的人生态度是：一是给他们爱，二是给他们自由。

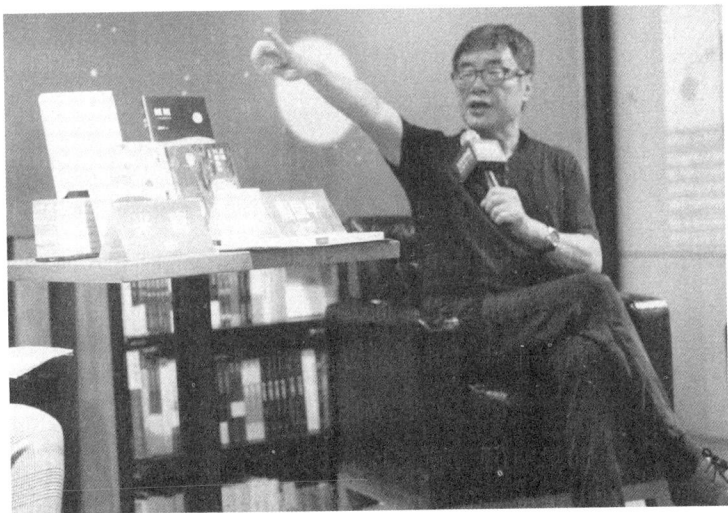

周国平先生在青岛侃侃而谈自己的哲学认识和人生观点

在谈到当前手机等电子产品对人们的生活产生影响时，他认为高科技电子产品只是一种工具，关键在使用他的人。一个人的生命是有限的，时间是有限的，一定要做有价值的事情。"碎片化"的阅读，所得到的也是碎片。他还引用萧伯纳的话说：书架上住满了伟大的导师。

关于读什么书的问题时，他认为机场售卖的所谓的"成功学"一类的书，大多都是"不成功人士"写的，不值得一读。

在谈到人的尊严时，他认为人应当敬畏生命，不可窥探别人灵魂里的秘密，不要认为是好朋友，是夫妻就一切都要说出来。人的尊严观念，要有分寸感，要有独立人格，不要干预别人独处的自由，要很有尊严地离开，保持距离。写日记是一件私密感的事情，不能随意翻阅别人的日记，即使对家人也要有尊重，自尊也要尊重他人的灵魂。

周国平先生读书分享会的现场，空间不大，却来了300多人，许多人站着听他的讲座，场面热烈，秩序井然。

进入互动环节时，我非常荣幸与周国平先生面对面，我将事先备好的《生死尊严——与在天国母亲的七次对话》一书赠予他，先生非常高兴地接受，并嘱咐随身的工作人员一定要保存好，他一定会读。

既然难得有与周国平先生当面交流的机会，我也就不妨多提出了几个问题，第一个问题是：为什么今天到场参加读书分享会的几乎是清一色的女性读者，男性读者却少之又少，是因为男人都忙着挣钱去了吗？

第二个问题是：在电子产品如此发达的今天，纸质版的书籍还会有市场有读者继续存在下去吗？

第三个问题是：到底什么是人们的灵魂？

听了我的访谈内容，先生略有所思，然后十分真诚且非常认真地进行了解答。周国平先生很睿智幽默地在调侃的笑声中，避开了第一和第二个问题的回答，而是直接进入了第三个问题的回答。

周国平先生坦诚地说：说实在的，关于灵魂问题到底有没有？它来自哪里？又存在于哪里？它又要去往哪里？我真的是无法回答出这个问题！这也是世界上宗教学家、哲学家们穷其一生所追寻的问题，目前尚没有确切答案。

他强调了一点个人的看法：这么多年来的研究，我对"灵魂"的看法是宁愿信其有！为什么呢？周国平先生把灵魂看作是人类精神上的追求，就个人来说，这是一种精神渴望，人的渴望与追求，总归是要有一个发源的地方，周国平先生把力量发源的核心叫"灵魂"。人活在这个世界上，精神生活比物质生活，比社会生活更重要，所以，人要有一个好的目标，好的追求，重点是要自己要有一个好的精神生活，人的高贵在于灵魂，人与人之间最深刻的区分不在职业而在心灵。

周国平先生"关于灵魂"的诠释与阐述，使我不禁也想到了美国的思想家、文学家爱默生先生曾经说过的一段话："宇宙是活的，万物是有道德的，灵魂如果在我们身内就是一种感情，在我们身外，就是一种规律。"

我们也许不能探知灵魂的来源，但是，由自己心中的道德律和羞耻心，由内心对真善美的向往和对假恶丑的厌弃，我们都可体会到灵魂是人的尊严之所在。

少年人爱做梦，这正是你们的优点，对于不同的人，世界呈现不同的面貌。一个有梦的人和一个没有梦的人，事实上生活在不同的世界里。

人生中有顺境也有逆境，有幸福也有苦难。哲学的智慧能帮助你站在高处，俯视自己的身外遭遇，顺境不骄，逆境不悲，创造幸福和承受苦难是同一种能力。

艺术和哲学，道德和信仰，其实是在用不同的语言，从不同的角度说同一句话，就是：你要有一个高贵的灵魂。

2019年5月曾于青岛市广电协会学刊《视听纵横》发表

"集体意识"与"自私心态"

——由两起新闻事件所引发的思考

　　新闻每天都在发生，各有各的角度，各有各的不同。但是，就在2018年的这个10月，从事电视新闻采编专业近30年的我，虽然经历了无数次的新闻采访报道工作，心灵却还是被《凤凰网》上那仅仅时隔4天的两条社会新闻深深地震撼了，而且这种震撼在内心持久地发酵，我苦思冥想了许多个题目，并曾与台长办公室的同事阎文和王东老师反复交流切磋这两起事件，最终还是选定了"集体意识"和"自私心态"这两个"核心词组"的对比，将自己对这两起新闻事件的反思，在此与新闻同行们交流商榷。

　　为什么要提出是在《凤凰网》看新闻呢？这是我的一个获取新闻信息的习惯，它的新闻时效快，内容鲜活，信息量大，网络平台传播手段一目了然。这是《凤凰网》的优势所在，也是同行业值得学习的方式。我的另外一个验证新闻的渠道，就是每晚必看的是央视新闻频道的《新闻联播》和其新闻频道的所有新闻节目，包括《新闻1+1》，它的新闻来源真实可靠，节目庄重大气，可以有效传递重要的信息量。其实，下面提到的这两起新闻事件，也与这两个新闻平台的有效传播有着密切的关系。

新闻事件回放一：

据《凤凰网》图片报道：

在日本福冈市举行的一场女子马拉松接力赛中，出现了令人感动的画面，19岁女选手饭田怜，在终点前约240米左右时跌倒并骨折，但她不愿意拖累队友，坚持双膝跪着爬完自己负责的赛程。

当饭田怜跪着一步一步爬向下一棒队友时，救护车跟在她身后随时待命，工作人员也紧跟在身后。

在爬行过程中，她的双膝很快擦破皮并血流不止。当她爬着靠近终点时，队友已眼眶泛泪。在接下饭田怜的接力棒后，队友立即迈开步伐，努力追上已经超过她们的对手。

报道称，饭田怜完成自己的赛段后，已经达到体力极限，虚弱地坐在路边，双膝的伤口渗出血迹令人心疼，医生诊断确认为右脚胫骨骨折，估计需要休息3到4个月。

饭田怜的举动，赢得的是人们对"集体意识"的赞扬和人们对她高尚人格的尊敬！

　　我是从1995年开始从事青岛电视台新闻中心《青岛新闻》的电视体育新闻的采访报道工作的，还从事过青岛市体育记者协会的常务理事工作。那时候，亚洲羽毛球赛，足球甲级联赛等赛事，在青岛不停上演。赛事频繁，虽然不懂许多的比赛规则，但是，见证了世界级，国家级的许多赛事。运动员、裁判员在场上场下的表现也是不一而论，甚至一些赛事开始背离体育道德和精神，愚弄观众，黑哨金钱，丑闻不断，台上台下，判若两人。多少年之后，当我不再从事体育新闻的采访报道工作时，那时的经历，却总是挥之不去。也许我的人生中经历集中了太多的"集体意识"，总是认为"友谊第一，比赛第二"是真正的体育精神，从没有把"金钱第一"当成是人类精神的首选，所以，我常常落伍于"一种时代和时髦"，追赶不上物质至上的步伐。因此，那时的我，把赛场上的像当年中国女排那样顽强拼搏的精神，写在新闻稿里，我始终认为"中国女排精神"，才是真正的"体育精神"，但是时间长了，这样的体育稿件就会遭到领导的诟病，所以，我也在几年后卸任了体育记者，从事党政、军事、外事等时政报道工作。

　　《凤凰网》的这次报道，再次引起我对什么是真正的"体育精神"和"集体意识"分析，尽管答案很多，但是有一点我的个人观点是：集体就是整体，个人是集体中的一分子，是集体中的链条环，个人与集体，就如同家庭与国家，凝聚，团结，拼搏，才是真正的"体育精神"，而不是用金钱可以买来的"体育赛事"。

一位19岁的姑娘，能在集体马拉松接力比赛中，表现出负伤爬行也要为集体争光的精神，深深打动了我，让我从一场普通的体育赛事中，再一次看到了人类与动物的区别，再一次感受到"体育精神""集体意识"那样一些强烈的震撼力，再一次看到人性闪耀的光辉。这个19岁的小姑娘不简单，我为她点赞，为她体现的人类精神而震撼！

四副新闻截图，在网络平台上展现，在我看来，远比长篇大论更有视觉冲击和宣传效果，这也是值得我们当前传统媒体和网络平台学习的地方，谁说平日没有好消息好新闻可采可做，这就是最好的例证。

新闻事件回放二：

另据《凤凰网》报道：2018年10月28日10点零8分，重庆市万州区一大巴车在万州长江二桥桥面坠入江中。

网络平台截取画面惊心动魄，据报道大巴车直接坠入70多米深的长江，给打捞工作增加了难度。而事件发生后，在同一网络平台上的新闻发布，据前面所说的马拉松赛事中顽强的小姑娘的出色表现，仅仅只有四天之隔。

正当人们焦急万分，关注全车人员生死之际，2018年的11月2日，官方媒体发布了一段大巴车坠江事件真相的视频，一时间群情激愤，"自私心态"的种种表现，令人触目惊心！原来事实真相是，车上的一名妇女乘客与驾驶公交的大巴司机互殴，女乘客坐过站，硬是要司机半途停车，实际上半途停车是违规行为，司机不可能停车，就这样，不依不饶的女乘客，殴打司机后，大巴车偏离行车道路，坠入长江，14名乘客为这个自私自利之心的女乘客，付出了无可挽回的生命代价。

这是一起极其严重的"自私心态"导致的恶性事件。真相公布的当晚，央视新闻频道的《新闻1+1》栏目中，除坠江事件的真相视频外，还有一批触目惊心的视频镜头，都是在行车途中殴打司机，导致公共安全的事件。

就在前天的央视晚间新闻，还播报了一起杭州居民因遛狗而导致的打人事件，狗的主人自称狗是他的儿子，遛狗时，狗未拴绳子，吓到一个6岁的小孩，小孩的母亲在驱赶狗时，遭到狗主人的殴打，遍体鳞伤，手指骨折。狗主人也被依法刑事拘留。

"自私心态"的新闻事件，比比皆是。什么大学生宿舍养宠物，甚至养猪；飞机上吸烟；"霸座男""霸座女"的蛮不讲理；只管自家装修漂亮，野蛮施工导致邻居房屋开裂，不仅不道歉反省，反而还目无法纪地找各种"保护伞"掩盖事实，置国家法律，民众安危于不顾；更有甚者败坏"集体意识"，以"自私心态"利用宗族、家族势力，形成"市霸""街霸""村霸"，还有央视播报的"肉霸"等各种"霸"，横行社会，渗透政治、经济和人民群众的日常生活领域，造成极其严重危害。

"自私心态"导致的后果是相当严重的，表面上是"个性化"的征象，实际上是自由主义的泛滥，自我标榜所谓

"个性化"追逐，实际上损害国家，损害集体，到头来也是损害他们个人。

我历来有这样的主张：人活在人世间，既要"干人事儿"，更要"有人味儿"。如果不是这样的为人处事，那么人所干的所谓的人事儿，必然与衣冠禽兽无异！

我并不是全盘否定"个性化"生活方式，在不妨碍别人及其公共安全前提下的"个性化"，应当是允许存在的，但是，"个性化"一旦演变成"自由化"，那么所谓个性问题，就不再是什么"个性化"的问题了，而是一种"自私心态"下的放纵，其行为也绝不是什么所谓的寻求人生的自由，而这样的放纵，其结果可悲可叹，害人害己！

2019年5月3日，央视新闻频道，报道从青岛发出的一趟铁路客运列车，途经淄博车站时，有100多名乘客采取"短途长补"方法"霸座"，致使在淄博已经买到车票的旅客无法上车，这一群体事件，不仅延误了出行列车的正常运行，也再次将"霸座"丑闻推向舆论讨论的话题中心。

当今国人之目无法纪的现象，已经到了毫无秩序、只有自我的程度，真是令人汗颜，令人瞠目结舌！

2019年5月10日晚，央视新闻频道播出一组因抢夺司机方向盘，打骂行驶中的驾驶员而被判刑的典型案例，海南一名女乘客，因扇了司机一个嘴巴，而获刑4年；上海一名女乘客因抢夺驾驶员方向盘，造成公共交通车祸，等待法律的制裁，她也因此而被取消上海落户的资格。

法律是国家和人民生命财产安全的基石保障，任何人在做任何事情的时候，都应该想清楚，是否可行，是否违法，是否侵犯了他人的权利，否则，将贻误国家和自身安全，自私心态要不得！

2019年7月曾于青岛市广电协会学刊《视听纵横》发表

"小人书"重返文化"大市场"的启示

2016年的中秋时节，天气比以往任何一年的同时节都要热，似乎真正的"三伏"天才刚刚开始。尽管开学已经一周时间了，但是，书城里的孩子们读书和购书的热情，比此时火热的天气，更加炽热，充满着求知的渴望，这是这个时代所带给他们学习知识的良机，有大量的文学名著可以阅读。此时，看上去像"00后"的一群孩子，在一个大大的圆圆的书桌前，叽叽喳喳，欢呼雀跃着，他们像是发现宝贝一样，惊奇地审视和议论新上市的"小人书"，他们从未见过这样的书，不停相互交流，这是什么书?还有这样的书？我怎么从来也没有见过啊！太有意思啦！太好玩啦！太好看啦！

那个在街头书摊前读小人书的时代

是的，他们这个年纪哪里知道"小人书"啊！

俗名"小人书"的文化作品，学名叫"连环画"，是深具中国特色的文化产物，在历经30多年后消失，今天，它又以新的面貌重返文化"大市场"，这怎能不令人惊奇！其实，据有关《小人书的历史》一书资料记载"小人书"在30多年前的鼎盛的年代，一年最高发行总量超过8亿册，红遍祖国的大江南北，从那个年代走过来的人们，都不会忘记"小人书"曾有的风光，它以特有的方式在几代青年人的记忆里打下了深深的时代烙印，"小人书"的发展历程正好见证了中国历史的变革！

追溯"小人书"这一中国的文化产物，虽然只有短短的百余年时间，却发行了上百亿册，影响了数代人，那些文化程度不高，识字有限的人群以及少年儿童，在缺乏精神生活的年代，"小人书"成了他们最喜爱的读物。"小人书"具有几大特点，一是小，小开本，小画面；二是俗，通俗化，大众化；三是雅，"小人书"是绘画艺术和文学艺术的相结合的产物，是通俗的高雅艺术；四是独，"小人书"的独特之处，具体表现在它的绘画形式和表现风格的多样性以及运用倒叙、插叙回忆、旁白等艺术手法来刻画人物性格和描述人物心理活动，从而丰富了艺术的表现力。正是这样一些特征使"小人书"成为家喻户晓，老少皆宜的读物。

20世纪80年代后期，以电影、电视为前导的娱乐方式逐渐渗入人们的生活，"小人书"市场逐渐被卡通动画所取代，传统的"小人书"业已消亡。

那么，"小人书"如今又在渐渐地重登文化的大雅之堂，这一现象说明了什么呢?它带给我们怎样的一种文化启示呢?

毛泽东曾经也这样评价过"小人书"，他说：连环画不仅小孩看，大人也看；文盲看，有知识的人也看。

鲁迅曾经说过："连环画不仅可以成为艺术而且早已坐在艺术之宫里面了。"

曹禺曾经说过：我想，我们的连环画是一位美丽天然的使者。它翩翩然地招着手，引着孩子们、青年们与所有的人跟在它身后，迈进一座座殿堂的大门。

我认为，从三位文化修养深厚的大家对"小人书"的认识和评价来看，我们不难得出这样的结论："小人书"这一深具中国特色的文化产物，早已植根于中国人民的心灵之土壤中，它吸取中华文化的养分，其馥郁芬芳和优美典雅之姿态，成为深受大众喜爱的文化产物，在历经时间的磨炼之后，回归于人民大众的文化生活，是早晚的事，也是必然的事！一切有益于人民大众的文化形式，永远具有其强劲的生命力，因为它的根总是植于人民大众的土壤之中！

从"小人书"重返文化"大市场"这一文化现象中，我们作为电视工作者，也有着这样的启示：传统的电视媒体，不会因为新型媒体的出现和发展而消亡，恰恰相反，传统的电视媒体具有现场实时的、直观的、形象的、画面生动的以及其他传媒形式所无可替代的优势，同时，具有大众所喜闻乐见的表达内容和方式。关键问题在于我们电视工作者怎样实事求是地把握和认识电视传媒所具有的这些优势，不必捧着金饭碗"要饭吃",也不要"一犬吠影,众犬吠声"的叫喊"狼来了"。在寻找自己的差距与不足的同时,切实静下心来,动动脑筋,拓展思路,把广播电视优势资源利用好。在正确领会把握党和国家有关广播电视宣传方针政策的前提下,运用策略、放开搞活,避免"人海战术",进行市场的"短兵相接"。广播电视是一个"精兵强将,以一当十"的事业,尽管靠人力的操作,但绝不是"一窝蜂"的忙乱。它的传播优势是"高精尖",而不是"高大全",越是简单的,越是接近生活化的,越是大众所喜闻乐见的广播电视节目,就越是我们的市场和事业发展的目标,这一点,的确与"小人书"有着"不谋而合"的相似之处,可以为我们广播电视所参考借鉴!

2016年12月曾于青岛市广电协会学刊《视听纵横》发表

工匠精神：一种静水深流般的中国文化传承形态

2016年的岁末，一部名叫《我在故宫修文物》的电影纪录片，以她静水深流般的姿态出现在观众面前。尽管影片用平实的手法记录了故宫文物修复工作者波澜不惊的日常工作和生活，但还是引发了观众的强烈反响与共鸣，央视《艺术人生》栏目，也在迎接2017新年的跨年直播特别节目中，特意将这部纪录片中的一对师徒王津老师和他的徒弟亓昊楠请到了特别节目的直播现场，讲述他们对中国文化和"工匠精神"传承的深刻理解。师徒之间超越亲情般的真诚、互信、友善的相处和技艺传承，以及对从事文物修复工作的尊重与热爱，对大自然和一切生命的敬畏之情，深深感染和感动着现场与荧屏前的每一个观众。那份真情一扫今人的喧嚣与浮躁，一扫今人功利主义和贪婪无度的欲望，无不体现了中国文化博大精深的影响力和感召力。

我们生活在中国这样一个有着几千年传统文化积淀的国度里，中国文化的传承理念是什么？中国的"工匠精神"又该怎样来理解呢？我想，对于这样一些问题的研究与探讨，使之了解并渗透到我们的日常工作和生活中来，或许会对我们当下的工作和生活，产生一些更加积极的因素与能量吧！

当然，由于学习的不够深入，我对中国文化理念的了解和认识也是粗浅的，谈出来，不妨与同行们商榷。

我的学习体会是，中国文化涵盖有四个理念：第一个是"以人为本"；第二个是"天人合一"；第三个是"刚健有为"；第四个是"贵和尚中"。

大家知道，中国人的文化是以"儒释道"为综合根基的，除了印度历史上真实而著名的王子乔达摩·悉达多，在"证悟"之后成为一些人们所尊崇的"释迦牟尼"，并将其思想通过若干渠道传入中国，其中包括历经"海上丝绸之路"的法显大师，历尽千难万险最终从位于青岛崂山的栲栳岛登陆回国，并撰写了《佛国记》一书。大唐的玄奘法师则是通过"陆路丝绸之路"历尽九死一生的艰辛，从印度学习了佛法经典，并带回了中国，不仅完成了具有历史价值的经典名籍译注，而且还撰写《大唐西域记》著作。这些文化与中国的传统文化相互融合，从而形成了中国的一种独特的文化现象外，以孔子孟子为代表的儒家思想和老子庄子为代表的道家思想，都是中国本土文化的原始创作与积淀。"以人为本"，体现了人们崇尚仁爱的思想。"天人合一"，体现了人与大自然的和谐相处的思想；刚健有为，体现了天行健，君子以自强不息的思想；"贵和尚中"，体现了以和为贵，崇尚《大学·中庸》中正之道，格物修身，知止不殆的思想。这样一些思想是中国几千年来"静安虑得"的文化结果，对于中国人的生活产生了一系列的重大影响。所谓的"静安虑得"就是指，只有当人们安静下来了，心情和行为变得安稳了，然后再去思考研究一些问题，这样就能够得到更好的结果。浮躁的心情，功利的心情，其结果是难以达到创造和精进的，这一点，已经被世界文化历史进程所证明。所以，以色列有一位非常年轻的学者，叫尤瓦尔·赫拉利，他写作了两本著作《人类简史》和《未来简史》，描写了人类的演变过程，从"动物"到"智人"，从"认知革命"到"未来生存"的高度，强调一切浮躁的、急功近利的和贪婪无度的做法，只能导致人类自身的衰退与消亡。

由此，我们必须重视一种工作方法和工作精神的传承，这种精神叫作"工匠精神"。这种精神在纪录片《我在故宫修文物》中得到了充分的体现，其实就是一种"静水深流"的状态，日复一日，波澜不惊，敬业爱岗，脚踏实地，兢兢业业，师徒带教，认真负责，薪火相传。安安静静地研究学问，仔仔细细地做好本职工作，既是精雕细刻，也是精琢细磨，既要勇于精进，又要谦虚好学，达到汇涓涓细流聚大河奔流入海，无幽不烛，心明自知。

"工匠精神"，在静水深流般的、素朴自然的传承中，始终与懒惰相背离，与勤劳相偎依。正如国家主席习近平在2017年新年贺词中所说的那样，"天上不会掉馅饼""撸起袖子加油干""努力奋斗才能梦想成真"。"工匠精神"需要的是实实在在的努力工作，需要的是一种精神的代代传承，需要的是中国文化生生不息的滋养，需要的是"知、信、行"的合力践行。

2017年6月曾于青岛市广电协会学刊《视听纵横》发表

新闻传播精贵于时效性和信息的含量

2018年1月23日下午6时零7分，我正在电视生活服务频道的办公室里搜集网上资料时，电脑屏幕的下端，《凤凰网》突然跳出一行字幕快讯：美国阿拉斯加州发生8.0级地震，触发海啸预警。

这一条字幕快讯，加上标点符号也只不过23个字符，但是其传递的信息量却是重大的。8.0级地震是强震，本身就有足够强大的破坏力，如果再加上引发的海啸，那么其灾难性后果，是不言而喻的。

这一消息在新华社当即发出的快讯中，其真实性很快得到了证实。中国地震台网自动测定：1月23日17时31分，地震发生于美国阿拉斯加湾附近。

新华社还在随后编发了另外一个快讯：美国地质勘探局地震信息网23日测定，阿拉斯加州科迪亚克东南281千米处海域发生8.0级地震，震源深度20千米，美国海啸预警部门已经发出海啸预警。

此快讯播报时间距离地震发生时间，仅仅30多分钟。

时光进入21世纪之后，媒体的传播功能，正在经受多重形式的冲击与考验，如今媒体的生与死，存与亡，不仅仅是金钱对媒体支撑的较量，更是记者信息捕捉时间与信息含量的较量。第一时间，能够及时、准确地播报重大信息来源，这个媒体就会占据和把握胜利的命脉。"信息战"在新世纪呈现出与人类有史以来任何一个时期都与众不同的"生死战"。因此，"快"与"量"的较量，就是新闻权威性的较量。

2017年底休假去祖国的金门岛采风，收集整理有关"炮击金门六十年"历史与现实的资料，在金门岛通往厦门的"和平之星"快船上，有感于船载电视的新闻播报，可以说，一方小小的电视屏幕上，除去占有屏幕主要位置的正在播出的新闻外，其他可以被利用的位置都被各种信息占满了边边角角，有气象预报、股市行情、台标、广告、滚动新闻字幕、正在发生的重大新闻快讯及快讯后的追踪报道……令人感到一刻都不能离开这样一个信息传播的源头，简单几个字的快讯之后，随之就是第二落点、第三落点的持续追踪报道，刨根问底的采访，把受众带入其中，受众已经不再是被动的倾听者，而是事件的"当事人"。仅从这样一个角度讲，受众能舍得离开这样一个与生活、与自身、与命运安危息息相关的信息源头吗？

在我看来值得借鉴的是，任何一支记者、编辑队伍，无论是中央的媒体，还是地方的各级媒体，都应当是一个团结战斗的编队集体，应当有着千里眼、顺风耳的采编本领和为人处事的良好品行，同时还应具备优良的从业素质和严明的组织纪律，使信息源头上的知情者愿意并且能够给采编者提供及时、有效、准确的信息，使最大的信息量发挥最快的时效。

缺乏整体意识、大局意识的散兵游勇，扯皮掣肘式的单兵作战，要想抗衡于铺天盖地的媒体冲击大战，只能是望洋兴叹之师。浮躁和盲从，只能是导致丢阵失地，静下心来，才能够谋篇布局。

一个新闻媒体的生存与发展，靠的是什么？当然是以新闻为龙头的，多种传播方式并存的发展路径。一个重时效、信息量大、有信誉的媒体，必然有好的口碑，有更多的受众，也就会有更好的社会效益和经济效益。即使再短的消息，只要这个发布的媒体有着良好的公信力，那么，这个媒体的信息发布，必将是为受众所重视和喜闻乐见的，而且播报的信息也必将是字字值千金的。

2018年6月曾于青岛市广电协会学刊《视听纵横》发表

霍金的葬礼：为何赢得民众送别的掌声

2018年的4月5日是中国的传统节日清明节，这是一个缅怀先烈、纪念始祖、慎终追远的日子。在全球积极响应中国倡导"人类命运共同体"的时代，自然也不应忘记为人类的文明和进步奉献智慧、生命的人们！

虽然身有残疾但却意志坚定的伟大科学家霍金

时至今日，我仍然不能忘记的就是2018年的4月1日，正逢所谓的"愚人节"，下午5点55分，央视新闻频道的"新闻直播间"栏目，播发了一则央视记者于2018年3月31日采编的关于霍金在英国剑桥举行葬礼的新闻现场报道。这篇报道引发了近百岁高龄的老父亲和我的密切关注和交流，我们在交谈中不时想到黄庭坚《清明》中的诗句："贤愚千载知谁是，满眼蓬蒿共一丘"。人，总是要死的，凡生必死，这是一个自然的规律，任何人都无法逃脱这样的"宿命"，所谓一生的"贤"和"愚"，历史和人们自有评判，作为一个生命体，无论是亚洲人、非洲人、还是欧洲人，地球上的人类同一切有生命的万物一样在宇宙间存在着、变化着、发展着，物质的东西终将是要毁灭的，唯有传留下来的精神将是永存的，因为，这是全人类共同的精神财富！

即使是进入了21世纪的今天，我通过霍金的葬礼，仍然能够感受电视传统媒体所不可替代的优势，它记录了葬礼现场的一个细节。

据报道，已故英国科学家霍金的葬礼2018年的3月31日下午在英国剑桥大学的圣玛丽教堂举行。霍金的家人和朋友等500人出席了这个私人纪念活动。

央视的电视新闻画面详细地展示给观众这样的一些信息和细节：当天剑桥下着零星细雨，为举行霍金的葬礼，教堂外的一小段道路实施了交通管制，被围栏围了起来，不少民众无法进入教堂，但还是早早聚集在道路两旁，隔着围栏在细雨中向这位科学家道别。

伴随着教堂钟声，霍金的灵柩由6名护柩人缓缓抬进教堂。霍金于2018年3月的14日去世，享年76岁。教堂钟声敲响76次，象征这位科学家不同寻常的一生。

英国科学界和文艺界不少知名人物出席了葬礼，其中包括在霍金传记电影《万物理论》中饰演这位科学家的演员埃迪·雷德梅因。

离教堂不远的剑桥大学的一所学院是霍金生前所属的学院，学院降半旗为他致哀，大门前还有许多鲜花。

电视画面再次切换回到举行葬礼的教堂大门，6名护柩人缓缓地将霍金的灵柩从教堂里抬出，就在准备送上灵车的一刹那，不知是谁，带头鼓起了掌声，随之人们不由自主地为霍金鼓掌道别。这掌声发自人们的内心，人们一展悲伤送别的愁眉，化作一种崇敬和尊重甚或是人生喜悦的面容，为霍金的一生喝彩，那喝彩的掌声自发地响成一片，撼天动地，经久不息。这使年迈的父亲和我，看到了一场人世间别致的葬礼，这葬礼上的掌声，是一种对不屈生命的精神礼赞！让我想到了中国远古的庄子为亡妻"击缶而歌"的豁达胸怀！古今中外概莫能外，人类与世间万物的生死存亡和生死尊严是大道相同和相通的，珍惜生命，热爱生命，赞美生命的想法应当是一致的，因为无论所谓的贫贱与高贵，其生命的本质都是一样的！当一个生命走向终点时，人体物质的本身，将化作另外一种形式而继续存在着，这就是中国的老子所说的"死而不亡者寿"。这种存在，实际上已经将物质化为了精神，只有伟大精神的存在才能是永垂不朽的！民众为霍金鼓掌告别，恰恰说明了霍金生前为人类的贡献，得到了人们的认可和尊敬。

霍金的子女曾发布声明，选择在剑桥举行父亲的葬礼，是为了体现"霍金对这座城市的爱以及这座城市对他的爱"。

霍金1942年1月8日生于英国牛津，生前任剑桥大学教授，他的主要研究领域是宇宙和黑洞，提出过与黑洞相关的"霍金辐射"理论。他还撰写过全球畅销科普书《时间简史》，该书自1988年首版以来，已被翻译成数十种文字，销量超过千万册。

霍金曾告诉人们：人永远不要绝望！

他还说：不能只低头看地，还要抬头看星星！

人总要死去，做点善事值得。

做自己认为做不到的事，做别人认为自己做不到的事。

霍金自21岁开始，得了一种"运动神经细胞病"，残酷的疾病折磨，使他逐渐失去了正常人的生活自理功能。

但是，他却始终不向命运低头，即使后来坐在轮椅上，也要进行科学研究，逝世前2周，他还提出希望寻找"多元宇宙"的霍金宇宙探测计划。

据有关资料显示：霍金出生的1942年1月8日这一天，刚好是伽利略的300年祭日；2018年3月14日霍金去世的这一天，又恰好是爱因斯坦出生的那一天（1879年3月14日）。伦敦威斯敏斯特教堂此前宣布，将于2018年6月举行的相关纪念活动，届时霍金的骨灰将被安放于该教堂一处地方，与英国著名科学家牛顿毗邻安息。

为科学家史蒂芬·霍金勇于探索的科学贡献和不屈的人生精神鼓掌！

2018年7月曾于青岛市广电协会学刊《视听纵横》发表

影视世界篇

世界在自己的眼中，透过影视看世界。

——2019年5月11日子实自悟语句

长镜头之魅

——对国际著名导演阿巴斯的长镜头电影作品的感悟

阿巴斯先生走了，他留给我们的是一份遗憾和一份永恒的遗产。这位76岁的伊朗导演，于2016年的7月4日，因罹患胃肠癌在法国猝然离世，一部记叙中国的影片《杭州之恋》尚在筹拍中，而成为永远的遗憾！而阿巴斯导演叙事电影的长镜头的极致运用，是电视电影工作者值得研讨和珍惜的艺术表现形式。

伊朗导演阿巴斯

这个时代变化太快了，快到电影电视镜头必须读秒切换赚钱，而长镜头的表现方式，早已束之高阁，被"蒙太奇"所取代。也就是说，在这个时代，已经很难再见到阿巴斯式的长镜头纪实性作品了，这既是阿巴斯作品的珍贵之处，也是这个时代电影和电视产业的悲哀。

2016年的7月8日。阿巴斯的灵柩终于回到了他的祖国，成千上万的人们到机场迎接他的归来，追忆并安葬这位杰出的国际电影大师，向这位虽获国际大奖，但历经迫害与责难，仍终身不弃不离自己国家身份的伊朗电影人致敬。在他归国安葬的一周后，也就是2016年的7月15日，岛城飘下入夏以来少有的水滴。是个周末，也是阿巴斯安葬后的"头七"，漫步在奥帆中心的情人坝上，思念这样一位平凡而杰出的大师，暂时停歇的风雨中，忽然出现一道大大的彩虹，挂在了天际，我想起阿巴斯的诗集《随风而行》：

"风起时
轮到哪片叶子
飘落呢"

阿巴斯的诗句很短，他的电影长镜头很长，但是同样韵味无穷，难怪西川说，这些诗不是截取自然和生活的诗意，而是截取了滋味。

亮了的灯塔边上
乌云密布着风雨

时而阴雨出没

时而彩虹交替

情人坝上无情人

周末的夜晚

只有自己

栉风沐雨

沉寂中任浪漫的海风吹打

沉思不语

这时

我想起了你的电影

《随风而逝》

继而

又想起了

《随风而行》

是你的诗集

这时的你啊

已经活在了你自己里

　　这篇"断句"习作，既是人生的感受与滋味，更是一种缅怀与敬仰。阿巴斯无论是长镜头纪实风格的电影，还是短行的诗篇，都带给我太多值得回味与借鉴思考的话题。

　　记得第一次看到的阿巴斯电影，是他获得国际金棕榈大奖的《樱桃的滋味》，整片运用长镜头的纪实风格。实实在在地讲，阿巴斯的长镜头拍摄的效果，让人忍无可忍，但又不肯舍弃，在"昏昏欲睡"中观影，但是"醒来"

后，又更加让人难以忘怀。他的电影故事不与群芳争艳，却独树一帜，记叙的都是日常生活的点点滴滴。这种纪录极具哲学与反思的效果，观后，让你学会观察生活，了解人性和人生的意义，这就是阿巴斯长镜头电影的与众不同之处。因为他的纪实长镜头作品来源于生活，而且，他的长镜头之魅力，来源于在长镜头拍摄中，不露痕迹地演变和展示着"蒙太奇"。因此，阿巴斯的电影，不是长镜头与"蒙太奇"的"对抗"，反而是一种非常完美的结合和相互运用。

凡从事电影电视的工作者，对"长镜头"和"蒙太奇"这样的专业术语并不陌生。尽管"蒙太奇"一词来源于法国的建筑专业的词汇，用在电影和电视节目的制作上，就是一些毫不相干的镜头，拼接在一起，组成新的镜头语言词汇，来表达其新的意义。而长镜头，则是一种连续不断的，纪实性的，而又不露痕迹的，进行拍摄技巧与景别的变化，如拍摄中运用"推拉摇移"和"远全中近特"的拍摄方式，长镜头的最大特点就是"厚积薄发"。

阿巴斯的电影《希林公主》中有这样一个独特的场景，仅用一个一个女性观众看电影时的"喜怒哀乐悲恐惊"长镜头面部特写的情绪变化，来完成整个故事片的叙述，让电影观众之外的观众仿佛身临其境。这样的电影是罕见的，是独特的，是不可思议的，是长镜头积累的效果。一个半小时的长镜头影片使你欲罢不能，观后陷入沉思。

阿巴斯·基亚罗斯塔米，是阿巴斯导演的全称，1940

年出生于伊朗的德黑兰。他年轻时从事过多种工作，这位不曾想到日后会成为伊朗、亚洲、甚至世界级电影大师的人。专注于自己所从事的每一项工作，给予他日后的电影创作，提供了丰富的养分和积累。画儿童作品插图，拍摄广告和短片，出版诗集《随风而行》，他的作品《樱桃的滋味》在获得国际金棕榈大奖、为伊朗赢得国际声誉后，反而遭到国内的迫害（如同获得诺贝尔文学奖的《日瓦戈医生》的作者帕斯捷尔纳克一样）但是他始终没有放弃伊朗国籍，而是辗转意大利，与法国著名演员比诺什合作，完成了《原样复制》（又称《合法副本》），使比诺什的表演获得国际大奖。他的影片《十段生命的律动》《随风而逝》《樱桃的滋味》《原样复制》等以纪实性效果和开放性的思维，讲述和探讨生命与生活的意义，具有强烈的人生哲学意味。阿巴斯的片子，你只要看下去，你必将有所收获。

阿巴斯的长镜头之魅，也激起我对电视采访往事的回忆。

1993年从北京广播学院（现中国传媒大学）电视系进修回台后，参与了青岛电视台创建以来，电视新闻部在全台率先创办的首个新闻专题栏目《视新20分钟》摄制组，担任主摄像。由于创作经验缺乏，摄制组经历了艰辛的创作历程。但是，我们有信心，敢于探索，大胆尝试各种题目，各种拍摄方法。其中，运用长镜头的拍摄的作品，分别获得省市和全国的相关的奖励，其中一个作品的名称就叫《9·19长镜头》，尽管拍摄此片已经过去20多年，但是，仍然记忆犹新。新闻事件是，一位去给住院的姥姥送饭的小姑娘，在大连路25路车站等车时，被飞驰的小公共汽车撞击身亡。那时候，岛城的小公共汽车争道抢客，是很野蛮的。小姑娘上小学五年级，听话、懂事、漂亮，而且弹得一手好钢琴。这样一个优秀孩子惨死在小公共的车轮下，引起社会强烈公愤的同时，是长辈失去亲人的悲伤。去家中采访时，未见其人，先闻哭声，小姑娘的姥姥一边喊着孩子的小名"妞妞"，一边将手伸向前方，仿佛在触摸和找回孩子，这是一个揪心的画面。作为摄像，把握摄像机的手在颤抖，拍完这组长镜头，我已是泪流满面。当我们来到位于常州路的监狱时，小公共司机被羁押在此，面对采访，他手足无措，悔恨交加。

"手是人的第二张脸"，这是老师教过的影像表达方式。长镜头真实地记录了被采访者举手投足之间，累积和表达了许多内心的不言之处，是多少解说词有时也无法表达的，这就是长镜头积累的纪实效果，也是其魅力所在。在《视新20分钟》栏目的拍摄中，如青岛台东仲家洼遭遇台风袭击后，居民老太太对台风袭击时绘声绘色的描述；如海上遇险船只的军民合力抢险；如《特警在行动》中的特警艰苦毅力的演练；如《国门卫士》中的缉私海关队员抓捕走私船时的"跳梆"；如犯罪嫌疑人，从常州路监狱深处，戴着镣铐走来；多次被运用的长镜头，纪实而内容饱满，富有张力。

所以，阿巴斯的电影之所以有魅力，来源于他对生活的认识，来源于他对生命的思考，来源于他的长镜头纪实性的实践。

一切匆忙的，流于肤浅的电影和电视作品，只能是短暂的，缺乏生命力的，浅尝辄止的。长镜头也好，蒙太奇也罢，只是一种艺术的表现形式，不必分别伯仲，重要的是创作者对生活和生命，乃至对宇宙生存空间的认识，重要的是在于实践，阿巴斯的成功之处，在于他的思想与实践。

2016年10月曾于青岛市广电协会学刊《视听纵横》发表

值得借鉴的"第六代"导演的电影纪实风格

——贾樟柯、王小帅、娄烨等导演作品的启示探微

照相机、电影机、电视机诞生和其所承载的功能，在我看来是一脉相承的，都是一种记录手段和再现方式。因此，电影的传播手段，对电视也会带来启迪意义这是毫无疑问的事情。

讲到我国电影导演"第六代"的概念，就会涉及我国电影导演的代际划分问题。中国电影始于1905年，这个时间凡是从事影视创作的人们大都不会陌生的。当电影艺术传入中国后，1905年由丰泰照相馆老板任景丰出资，刘仲伦摄影的《定军山》一片的诞生，便将中国电影史上的发端定格在这历史的年代上，迄今算来，从1905年到2019年的今天，电影在中国的诞生与发展也已足足124年了。

如果《定军山》算是中国电影人拓荒的第一代导演的作品，那么，随后以费穆等导演为代表的一大群第二代电影人，便使中国电影进入了第一个黄金时代。当水华、成荫、崔嵬、谢晋、谢铁骊等导演为代表的第三代导演的出现，便产生我们那个年代喜爱的电影《南征北战》《青春之歌》《小兵张嘎》等是1949年至1965年的时间段里，还有后来的《创业》《海霞》《闪闪的红星》等是1966年至1976年的时

间段里的电影，《芙蓉镇》《骆驼祥子》《春桃》《边城》等是第三代导演们的第三个时间段里的作品了。以谢飞、郑洞天、张暖忻、滕文骥、黄健中、吴天明等为代表的导演作品，被视为第四代电影人的作品。以张艺谋、陈凯歌、田壮壮、黄建新为代表的第五代电影人，走进了中国电影发展历程的第二个春天。

现在，以贾樟柯、王小帅、娄烨等为代表的第六代电影导演，异军突起，他们用电影镜头语言，表达着各自眼中的世界。这种表达，从我个人的认识来看，更多的是他们所具有的共同特质或特色，那就是电影的纪实性镜头语言所带来的，与以往任何一个时期电影都不同，所呈现当代人们的历史价值实践的影片，而这些拍摄手段和镜头语言的表达，也是值得我们电视编导们来学习与借鉴的。

先来说说贾樟柯的《山河故人》吧，这是一部在2016年5月8日获得第23届北京大学生电影节最佳导演奖的作品。贾樟柯的作品我看过不少，有印象深刻的《三峡好人》等。2009年，贾樟柯做客人民网文化频道，他在接受采访时说：我相信每一个导演在他第一、第二部电影的时候，是用全部的青春冲动表达，作为一个导演不可能一直靠青春和激情来拍电影，所以，拍了10年

之后，我觉得我逐渐地在理解现实，对现实进行想象的时候就是对历史的学习、对历史的关注。

贾樟柯所说的，也正是我在此文章中所要表达的观点，电影对历史和现实的关注，成就了"第六代"导演们，《山河故人》便是其中的一部。《山河故人》这部影片，瞄准了贾樟柯的老家山西人的生活现状，记录了当代挖煤人的婚恋、生活、思想、状态、疾病、盼望、无奈、价值观，通过煤矿主的暴富，移居海外、第二代人对于母语的陌生、遗忘、数典忘祖，不中不洋的变迁，活脱脱地用镜头语言进行了一次当代历史的记录，让人观影后内心是一种难以言说的"悲欣交集"。所以，结合我最近看过的一部外国影片《波西米亚狂想曲》后，我与朋友进行了短信交流，我说：这部电影让我看到了70年代和80年代的西方人的生活和文化及意识形态……

贾樟柯用镜头记录了看上去是漫不经心的背景墙上的标语，平常矿工的语言，男人女人的欲望和愿望，但是，在我看来，他漫不经心的纪实性镜头语言的运用，恰恰记录了这样一个他所经历的年代里的人们对现实生活中的问题茫然不知所措的样子，甚至是随波逐流。当煤老板有了钱，出了国，也把孩子带向异国他乡时，他们的初衷是什么，想来国外干什么？连他们自己也说不清了，到底他们想要什么样的生活，贾樟柯记录了这样的一大群人的困惑，也带给观众心灵的冲击，是啊，这就是社会发展的结果和现状，什么是目标？挣钱干什么？这一连串的问题发人深省！这样的影片确实是具有历史价值的影片，他记录并再现了当代人的思维和行为。

贾樟柯，1970年出生，山西汾阳人。作为"第六代"导演的代表人物之一，他将自己最熟悉的生活环境和人的生活与思想，用电影镜头语言进行了扫描式的纪录，不能不说他确实已经开始对历史的学习与关注了。

古诗曰："闲去闲来几度，醉扶怪石看飞泉。"

再让我们来看看"第六代"导演的另一位代表性人物王小帅。王小帅1966年出生于上海，1989年毕业于北京电影学院导演系。1993年独立制片编剧导演的处女作影片《冬春的日子》被英国BBC选为电影诞生一百周年之百部最佳影片之一，另有一部是2001年执导的影片《十七岁的单车》获51届柏林电影节竞赛片单元获评审团大奖银熊奖，可惜这两部影片我还都没有看过。但是2019年我却看了王小帅的另一部新影片《地久天长》，而且男女主角王景春和青岛媳妇咏梅，双双获得了第69届柏林电影节影帝、影后大奖，央视新闻进行了报道，电影看罢，我认为这部影片获奖是当之无愧的。

王小帅1991年进入福建电影制片厂，1993年从国有制片厂体系辞职开始独立制作电影。公道地讲，王小帅的这部时长3个小时的《地久天长》是一部闯进平民生活，记录时代变迁的纪录性影片，

故事片《地久天长》

通过一个平常人家的孩子，一次意外的淹死事件，串联起国

家计生政策的时代特征，工厂的下岗破产，房屋的拆迁后的荒芜与变迁城市的千篇一律带来的家乡陌生感，生命与友谊在临终时的忏悔，以代生孩子来试图偿还人情债，时代变迁之初的欣喜若狂与付出的生命惨重代价，等等。除去《友谊地久天长》曲音外，在极少的音乐背景下，却大多运用了类似"磨剪子来炝菜刀"这样的现场背景声，让影片散发出了当今时代平常人家鲜活的生活气息。特别是当亲生的儿子淹死故去，抱养的孩子不听话，成为他们认为养不活的"白眼狼"时，越发让我感到了这部电影的现实性和其历史价值的存在，在这个以金钱衡量一切的时代，人与人的情感越来越淡漠了，甚至为钱反目，为钱不惜枉顾亲情者大有人在。因此，我大言不惭地说，王小帅拍出了一部我构思已久的影片，这让我这个电视人与他有了同一个气场，产生了同样的共鸣，这种共鸣与气场，就是对待人性的认识与看法！王小帅的《地久天长》的拍摄构思，为我们电视编导们指出了一条发展路径，那就是用摄像机去记录当下，记录发生在我们身边貌似一般的平常事，老百姓过的就是老百姓日子，没有那么多大人物们花里胡哨的东西。看过《地久天长》后，我偶遇一位真正"磨剪子来炝菜刀"的沿街揽活的白发老者，我问他：磨一把刀多少钱？他说：10块钱。我又问：磨一把剪子呢？他说：5块钱。这就是普通老百姓的生活，没有更多的表示，靠手中的技能，赚微薄的劳动所得，这就是现实中的现实，你从王小帅的电影里看到了这些，你在现实生活中看到了吗？

"看电影，就是看世界。"我有这样的同感！

那么，现在就让我们再来看这篇文章所涉及的第三位"第六代"导演领军人物之一娄烨，也是这篇文章最后要阐述的一位导演。

娄烨，1965年出生于北京，毕业于1989级北京电影学院导演系。2006年他因导演的一部名叫《颐和园》的影片，未通过审查，擅自参加境外电影展，被国家新闻出版广电总局处罚"五年内禁止拍片"而受到广泛关注。

《颐和园》遭禁映未能看到，但是2000年他导演的《苏州河》我却看过，而且印象极深，而且，这部影片获得第29届鹿特丹国际电影节金虎奖和第15届巴黎国际电影节最佳影片奖并入选美国《时代》杂志2000年十佳影片。我也看过他拍摄的《推拿》。

因为，娄烨拍摄的影片，运用了很多跟拍和长镜头的技巧。有人说，看他的影片头晕，也有青岛百老汇影院的工作人员听到观影者的反映，甚至善意地提示说：带上塑料袋，以防观影不适，眩晕呕吐！

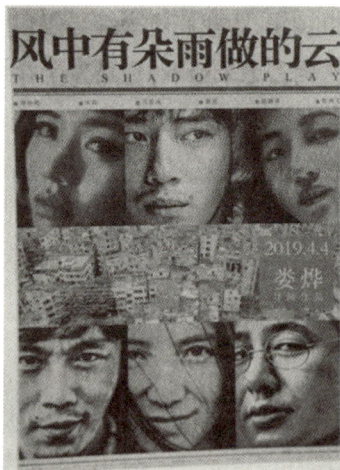

其实，2019年我观看了他的电影新作《风中有朵雨做的云》，确实跟拍的镜头很多，纪实性长镜头也很多，这些镜头恰好以当事人的视角，记录了拆迁办糊弄百姓和贪赃枉法的现场；记录了台湾、香港、大陆的不法商人，打着开发

房地产的幌子，收买国家公职人员，谋取私利、杀人枉法的现实社会真相。这样的影片，大量运用跟拍等长镜头技巧，恰恰符合影片的社会纪实效果，这也是最值得我们电视编导们学习的地方。我曾参与过青岛电视台历史上第一个，由电视新闻中心创办的电视新闻专栏节目《视新20分钟》的创办拍摄工作。其中，几部获奖作品《9·19长镜头》《上早班的劳模女公交司机》《仲家洼遭台风袭击》《特警在行动》《海上国门》等都是大量运用了长镜头跟拍，纪实效果独特，真实性极强。

我国的"第六代"电影导演群体，运用纪实性镜头语言所拍摄电影的历史价值，记录了当代历史，记录了历史中的百姓生活，对我们电视编导者们有着很好的启示和指导意义。

在2019年的全国"两会"上，作为全国人大代表的贾樟柯，接受《人民日报》采访时说：我喜欢拍在基层生活的小人物的故事，通过电影关注、感受、体会当下的社会，获得新的感受，创作新的作品。

2019年5月1日凌晨1时26分
子实于青岛逍遥轩东窗书屋

论摄影艺术的"第三只眼"

绘画是"加法"的艺术，摄影是"减法"的艺术，这些在绘画和摄影的艺术圈子中，是拥有长期而广泛的共识的。

"加法"不难理解，一张白纸或油布，在绘画艺术家们的手中，哪怕是一滴墨，也会被渲染成艺术的佳作，任由作者与观赏者的思想自由驰骋。

"减法"可就要认真地琢磨一番了，减法到底要减去什么？现在的各类艺术家层出不穷，摄影机器已经不是当年"贵族"的特有艺术设备了，器材花样百出，单凭手机一项，人人都可称得上是摄影爱好者和艺术家了。

然而，一张真正能够称得上是"摄影作品"的作品，却并非易事，它是要经过许多张照片中认真细致地挑选而成。首先是张照片，是一张不错的照片，然后是一张优秀的照片，在此基础上，才被列为作品，再后来被定为优秀的摄影作品。所以，一幅真正被称为"优秀摄影作品"的作品诞生，并非一般意义上的"加减法"那么简单。

首先是创作者要具有生活的积累和来源。无论是怎样的艺术创作，它的基础都无法脱离大自然的馈赠和生活中的认识与积累，所以，一位优秀的摄影创作人员，在瞪大两只眼睛看世界的时候，自己的内心深处或被称为思想深处的地方，就应当有另外一只别人看不见的"第三只眼"。

"第三只眼"很重要，它可以是摄影前的一只眼，也可以是摄影后的一只眼。

摄影前的"第三只眼"，可以让你在摄影的时候，利用掌握的技术设备，时间节点和光线的采纳，运筹帷幄之中，把握瞬间光影，留下完美杰作，这是需要技术上和思想上的有机结合才能完成的作品。

摄影后的"第三只眼"，则可以让你在获取影像之后，进行"二度创作"，当然，我在此并非讲技术层面上的PS影像技术手段，而是讲获取影像的"再命名"。

作者自拍照

作者拍摄的《生命之脉》

影像创作的"再命名"，在我看来，是一次让已获取的影像，重新焕发生命与活力的重要手段。比如我曾经尝试过，将一棵看上去一般的老树枯影，重新命名为《生命之脉》，这一重新地命名，立刻使逆光剪影中的老树枯枝凸显出动脉一样的树干和静脉一样的树枝，影像在拍摄时运用的是单色（也就是黑白色调），这样的命名，也就越发凸显出这棵大树所具有的生命意向。

如果说摄影前的"第三只眼"是摄影爱好者在基本功训练后，所增长的技术上和思想上的优势，那么，摄影后的"第三只眼"，就应当是摄影爱好者广泛阅读，博览群书，日积月累，精琢细磨的结晶。当摄影爱好者，具有这样的眼界和眼光，生活将会更加的丰富多彩，世界将会更加色彩斑斓。

我并不是人们所认为的某种意义上的什么摄影艺术家，我只是一个喜爱摄影的人，摄影源于我电视采访工作的需要，业余时也带给我人生的欢乐和思考。我总是在实践中观察生活、学习生活、记录生活，力求通过摄影丰富生活。其实，摄影教会了我许多东西，比如观察大自然，比如思考人生与自然界的有机统一，哪怕是一朵花、一片落叶、一个枝丫、一片云彩、一个老人、一个成长中的孩子，都有其个中生命的意义。但是，这样的个中意义和群体意义，是需要摄影爱好者凭借着生活中的积累，去不断地发现、开发与挖掘的。无论"加法"也好，"减法"也罢，任何平常人们所习以为常的，容易被忽视的美好的事物，都是人生历练出来的"第三只眼"才能够看到的。

2018年12月曾于青岛市广电协会学刊《视听纵横》发表

纪录片电影与电影纪录片

纪录片电影和电影纪录片，看上去是两个词组的位置颠倒，实际上却是电影的两种不同的表现方式和拍摄手法。

在中国20世纪的60、70年代，一直到40年前，也就是电视机尚未普及每个家庭之前，通常在电影正片之前，都是要加映一部或几部新闻纪录片的，以此途径直观地发布我国当时的重大外交、历史考古、新闻事件和工农业发展及军事及科研等领域的重大成果。那时，除了收音机这一传播条件，剩下的也只能靠纪录片电影来获取重要信息了。因此，有一种说法叫：外国的电影是搂搂抱抱又哭又闹，中国的电影是新闻简报。

时光飞驰，眨眼就是另一个世纪。随着开放的国门，各种影视文化的传播方式，也在目不暇接地一而再再而三地发生着巨变。宇宙空间原本就是变化的，地球也就跟着变化，地球中的生命当然也就毫无例外地在变化之中。变化是一种方式，可以改变人的思维，变则通，通则畅，各种意识形态流动的影片扑面而来了，各种文化现象也就产生并登场了。

纪录片电影也就没有悬念地改变着内容和方式，并且与之相呼应的还有另外一种表达方式的电影，我称之为电影纪录片。

先看看近一个时期给我留下深刻印象的纪录片电影吧，比如《重返狼群》再比如《喜马拉雅天梯》，如今是信息化高度发达的社会，地球已经被"村"了，数字化、网络化的迅猛发展，"村子里"的消息，可以在最短的时间里，毫不费力地传递给整个村子里的人们，其便捷毋庸讳言。所以，现当代的纪录片电影，首先失去了它的"时效性的新闻功能"，取而代之的是电影人对社会人文的进一步的关照，也就是说，纪录片电影的拍摄，更具有展示生活和当代人内心深处思辨的功能。其实，不仅仅是内容变化了，镜头语言的记录也在发生着变化，过去是胶片摄影机，现在是数码机器，质感和层次也都不是一回事了，于是，纪录片电影单纯的记录功能便若隐若现，影片的实质呈现出更多的时代信息。比如《喜马拉雅天梯》，已不单单是纪录自然人征服自然界高度的艰辛，更多的是记录了筹备登上世界屋脊的普通人，在这一过程中的生理和心理的焦虑、苦恼、挣扎与自我的战胜。而另一部纪录片《重返狼群》中的一个镜头，拍摄了保护区一个小县城中售卖的一张用几百个狼头缝制的"狼头袍"，不言自明地用镜头记录了自然人对大自然生灵的猎杀，是为了获取金钱利益，这样的猎杀自然界生灵的丑恶行径，令人触目惊心，也不可避免地想到人类未来可能会做出更多的灭绝人性的利益之争。这样的纪录片电影的功能已经大大超出了事件纪录的本身，带给观影者的是心灵的震撼和思辨。这样的电影摄制是经过精心筹划的，是匠心独运的，对我们电视工作者来说是具有启发意义的。

故事片《冈仁波齐》

再来看看另一部最像纪录片的故事片《冈仁波齐》，也就是我想说的电影纪录片。与纪录片电影不同的是，如果说纪录片电影是真正意义上的纪录片，那么，电影纪录片则是经过编导们精心策划，用纪录片手法拍摄的故事片。起初观看《冈仁波齐》我还是真的被导演给"蒙骗"了，因为，围绕着去朝圣冈仁波齐这座圣山的一切准备的人们，无论是语言还是行为，都是用纪录片手法拍摄的，没有一丝"导演"的痕迹，根本就看不出是一部故事片，包括朝圣路上带着无限向往的心愿去世的年长者；包括学磕长头像成年人一样毫不屈服地摸爬滚打于高山水流中的小姑娘；还有那个即将临产婴儿也不放弃信仰的中年妇女与大家一样匍匐于朝圣的路上，心中充满着未来的遐想，待她产下婴儿后，仍然追随朝圣的人们，一路长头不息的磕拜，只为了那份美好的愿望，直至最后的圆梦。就这样，导演们用纪录片的方式，讲述了一个个通往冈仁波齐的路上来自圣山召唤的故事，带给我们的是心灵的震撼。

　　我在想，纪录片电影也好，电影纪录片也好，都是不同的电影纪录手段和故事的再现手法，关键是，这样的一些方式方法，能不能使我们的电视工作者们能够有所借鉴甚至是发挥呢？在此，我只是抛砖引玉地谈谈自己的观影感受，真正的努力结果，应当来自我们的记者、编导们日常工作中的认识、思辨和实践。

　　2018年9月曾于青岛市广电协会学刊《视听纵横》发表

才欲何用

——关于人生品格培养的感悟

2017年10月13日，一部由泰国制作的电影《天才枪手》，在中国大陆公映，这样一部以在横跨泰国与澳大利亚两个国家的最大国际考试作弊案件为真实背景的影片，立即引发了中国观众的热议。

热议的焦点有三个方面：一、什么是天才，应当如何培养他们后天的才能使用？二、他们为何不惜铤而走险地实施犯罪行为？三、他们的跨国考试作弊为何能得以成功？

我也带着这些同样的问题进行了思考。首先，要感谢泰国的编剧、导演和演员们，他们精彩的故事演绎，能够带给我们人生的思考，也感谢他们将2014年发生在泰国的亚洲最大的考试作弊丑闻，敢于曝光于世界观众面前，使其成为法制和人生品德教育的鲜活教材。这在我看来，这应当是2017年在中国上映的最好的一部外国影片了，其观赏性、节奏感、教育意义非同一般。

一、什么是天才？"天才"在通常意义上讲应该是与生俱来的自身天赋和才能，泰国的女生琳同学和男生班达同学，通过电影向我们展示了"天才"的聪明和超常的记忆力以及难以想象的演算本领。这些超常的"天才"背后，当然有他们后天的努力和家庭的期望，他们两个人联手参赛，成为泰国最好学校的众多学生中的佼佼者。他们原本可以考取留学的奖学金，实现自己的人生理想，但现实却是应了那样的一句话"训有方，保不定日后作强梁"。人生就是这样的充满着变数，如果没有良好的自身修养和强大的心理支撑，一切皆有可能发生！因为人生无常，因为有太多的不确定性，因为有太多的愿望，因为有终身的名利欲望所求，所以，人与地球上的其他生灵就有了不同，这样的不同，是一把"双刃剑"，让人类主宰着这个世界，也在毁灭着同为生命的万物。当然，这样的比喻，是想说明，琳同学和班达同学，成功于天才，也就毁灭于天才！难道，这不足以使我们这些"智人们"引以为戒吗？

二、他们为什么不惜铤而走险地实施犯罪？我记得大探案家福尔摩斯说过：每一个案件的背后，都会有一个犯罪的动机。我首先看来，人们获取财富的不平衡，严重的贫富分化，急于实现自己的理想而苦于家境的困顿，应当是这次作弊的动机所在，但是，绝不仅仅如此，琳同学和班达同学，在得知自己被"善良的谎言"欺骗时，他们的天才就演变成仇视和报复了，这是一个人性问题，更是一个社会问题，学校、家庭、社会、个人都或多或少的都对这个案件有不可推卸的责任，这也是"剑走偏锋"的应试教育所造成的必然结果！其实，人生很短，而面临的选择又太多，"反者道之动也"，我认为《老子》的话不无道理！人生没有假如，一步走错，满盘皆输，必须慎重对待自己的天赋和生命！人生不易，努力做到"慎始而敬终"。

三、他们的跨国作弊为何能够成功？答案当然是离不开他们是天才，离不开他们的"运筹帷幄"，他们决胜的条件和手段，是当下世人当作"宝贝"一般伺候和"爱不释手"的手机及微信网络。这一场现代化的考试作弊，现代人的思维，现代人的金钱观，现代人的理想和包袱，现代人的追求方式，原本为了方便于生活的通信工具，竟然将人奴役了。在这样一个"人为物役"的时代里，手机网络诈骗比比皆是，据有关资料显示，现在每年从手机网络上被诈骗的金额多达200亿人民币，难道触目惊心，不引人深思吗！手机微信的信息可信度和人们的高度依赖性，正在成为"精神鸦片"，应当明辨真伪，拒绝精神损伤，把手机变成我们生活中的好伙伴，而不是"自相矛盾"地害人利器。有一利，必有一害，我们还是应当辩证地看待问题，合理地运用手中的现代化的工具。"天上是不会掉馅饼的"，天才也好，庸才也罢，所谓"人间正道是沧桑"，每一个人都应当凭靠自身的正确选择和不懈努力，来实现自己的梦想，这才是最靠谱、最切合实际的做法！

2018年3月曾于青岛市广电协会学刊《视听纵横》发表

战争与和平期待中的人性光辉

　　一切感人至深的影片，莫过于闪耀人性的光辉！这既是我对电影《间谍同盟》的观感，也是从该影片中得到的从事影视创作

故事片《间谍同盟》

的重要启示。希望以此推荐给我从事影视创作的同事和喜爱电影的朋友们。

　　推荐这部于2016年11月30日刚刚在中国上映的美国派拉蒙制作的电影大片时，许多人对这样一部从片名上看是反映间谍题材的影片不屑一顾，甚至有些是反感的。近些年来，中国上映的各类谍战片确有泛滥之势，然而，一部反映间谍人生的外国片，在这样一个时代，在电影的最后能把观众给看哭了，并且抱有对敌方女间谍极大的喜爱与同情，甚至希望她与从事反间谍工作的丈夫能够一起叛逃成功。单单从人性和情感上来看，这样的影片也是罕见的，是真正的大片。如果仅仅从一部外国影片的片名来判断一部影片内容的好坏，则显示出了一些观众望文生义的偏颇和浅薄。

　　我并非影视专家，只是一位喜欢看电影的爱好者，收藏经典的影视片，用投影机看电影或到电影院中享受电影带来的欢乐与反思，就如同喜欢美食的人一样，他们得到了胃肠和味蕾的享受，而我却得到了思想和精神的愉悦，二者不可偏废。同样具有意义的那就是，饮食可以使人生存，影片可以使人活在一种精神的世界里，这一点，完全符合马斯洛的人生的"金字塔型"结构，最底一层是饮食生存结构，中间一层是精神的需求结构，而金字塔尖则是宗教的位置结构。

　　53年的人生经历中，一天之内，我在同一家电影院里重复地连续观看两遍同一部电影，而且是国外的，同期字幕译制的影片，还是第一次。

　　由美国派拉蒙影片公司出品，罗伯特·泽米吉斯执导，玛丽昂·歌迪亚与布拉德·皮特共同演绎的《间谍同盟》，可谓珠联璧合。影片结构严谨，导演睿智缜密，剧情跌宕起伏，演员深情投入，表达精准，它具备了经典影片的一切特质，使观众在不知不觉中进入影片的规定情景之中，从而充当了这一特殊群体人生的"见证人"。

　　影片以战争状态下的间谍之间的爱情为主线，以间谍的死亡而终结，但是所反映的主题却是反对战争、祈祷和平、渴望和平生活下的真挚爱情及美好生活的向往，时刻闪耀着人性的光辉。

　　故事发生在1942年，第二次世界大战期间，法国反间谍空军马克斯中校，根据上级反间谍机构安排，空降进入德国法西斯控制下的摩洛哥，寻找一位打入摩洛哥傀儡政府和德国使馆重要岗位上的法国女谍报人员。并利用其假扮夫妻关系，混入上流社会的社交圈，实施暗杀德国大使的秘密任务。这样一次警卫严密、难度极高的暗杀任务，意味着随时可能牺牲。在这一特殊情景和心理的作用下，两个执行特殊任务的人，却产生了真挚的爱情，而且在执行任务后，结为夫妻，并有了爱的结晶，战争的炮火硝烟中得以诞生并幸存的女儿安娜，这一切带给了他们对美好生活的更多向往。然而，法国反间谍机构根据掌握的线索，很快实施了"蓝色染料"计划，查明安娜的母亲是一名冒名顶替的德国间谍，潜伏在丈夫身边，窃取了重要的高度军事机密。马克斯中校不能相信深爱家庭与自己的夫人，竟是敌方间谍这一猜测。这怎么可能？马克斯不能也不敢相信这一突如其来的打击，作为一名专业的反间谍人员，他多次违规查证，甚至不惜生命，要为爱人洗清罪名。然而，现实是无情的，德国情报机构利用他们的女儿安娜来威胁深爱自己丈夫和女儿的德国女间谍，为保护他们的生命，她选择了自杀。但是，影片到此并没有结束，而是回溯了一个女间谍，作为妻子、作为母亲留给这个世界的一封信。她的绝笔真挚且感人，让观众在不知不觉中在改变着立场和看法，那就是，无论你从事于一种什么样的职业，人生中享有怎样的荣华富贵，名利尊严，但是，你首先是一个人。凡是人，就必然要具有人性的特质，一切有悖于人性特质的人，与牲畜无异。所以，作为一名女间谍，当她利用一切机会放弃职业，而全身心地爱家庭、爱女儿、爱丈夫时，铁血战争远离了她，母性的情怀展现了出来，她是那么珍惜这和平下的一切生活，但是，当德国情报机关用孩子的生命相要挟时，为保护孩子和丈夫的未来，她不得不选择结束自己的生命。这是一种母爱的柔情和人性的光辉在闪耀，尽管她所从事的职业是敌人，是对另外一个国家的侵犯与破坏，但她首先是一个人，一个热爱生命、热爱家庭、热爱丈夫和孩子的大写的人！这也正是这部经典影片所带给人们的与众不同之处和令人反思的人性特征。

自有人类历史以来，直至今日，世界局部地区，每时每刻都存在着铁血战争，战争导致的结果是，社会的动荡，家庭的离散，难民的流离失所，生存的困境不安。名利的争夺，欲望的无边无际，是导致战争的根源。

铁血战争与和平安宁的向往，是矛盾而又有机统一的。有时，为了寻求和平，又不得不以暴制暴，这也就是国家机器和军队存在的必要。

但是，无论怎样，人们讨厌战争，讨厌战争所带来的毁灭，讨厌人们相互间的争斗，尔虞我诈，恃强凌弱。人们喜爱和平，需要安宁的生存，需要与大自然融于一体，享受难得的生命历程，有自己所思所想所爱。

放弃战争，摒弃伤害，珍爱美好的人生，这就是人性光辉的闪耀，这就是我对这部影片的启发与思考！

2017年4月曾于青岛市广电协会学刊《视听纵横》发表

艺术家的良心与编导者的责任

——对《太阳的后裔》热播的思考

这是一个社会文化生活正在发生巨变的时代；这是一个网络和手机占据人们的时间和空间的时代；这是一个传统媒体与新媒体激烈交锋、风云激荡的时代。于是，便有了网络剧热播现象。

网络剧《太阳的后裔》

从2016年2月24日到4月14日晚10点，我国某门户视频网站独家播出韩国16集电视剧《太阳的后裔》。从播出到全剧结束，该剧的点击播放量达到了26.5亿次。这是首次真正意义上的跨国即时更新的网络剧，人们对这部剧的热议与关注也是空前的。该剧如此热播，仅仅是因为网络的便捷和独家播出吗？人们会说，这就是一个网络时代，有什么好奇怪的！但不容忽视的事实是，很多网站在播发电视剧，为什么《太阳的后裔》"独红"？

一

我一边观看《太阳的后裔》，一边思考并与90后的孩子讨论该剧，我们得出的结论是：这是一部产生于这样一个时代的好剧。参与此剧创作的艺术家们和编导演职人员，用他们的艺术良心和责任感，讲述了发生在这个时代的具有主旋律的、正义感的、散发着正能量的、充满着浪漫主义、爱国主义色彩的当代军人与医护工作者的爱情故事。该剧之所以热播，因为编剧把故事编得好看，导演导得精彩，演员演得真实。这个收视数据也启发我们，中国不乏好的题材，好的编导和艺术家，要想做出好看的电视和电影故事片，关键在于编导们的良知和责任，中国的电视剧《亮剑》，就是一个很好的例证。

习近平总书记对我们广播电视人提出"讲好中国故事，传播好中国声音"，不正是对我们所从事神圣职业的要求与期望吗？网络不只是媒介，人们还可以通过网络看剧看故事。今天，网络的便捷，使我们随时可以看到各个时代的经典影片。经典影片被称为经典，就是故事编得好，演员演得好。

在观看《太阳的后裔》过程中，我也在网上穿插观看了几部电影和电视剧，有反映二战时期的《钢琴家》，还有意大利著名导演托纳多雷的影片《海上钢琴师》《天堂电影院》。经典不会因时间的推移而魅力消减，因为经典符合了电影或电视的规律与要求，符合人性。有关人的故事，永远也讲不完，这要看从什么角度，怎样把握，传递怎样的能量与信息。好故事永远来自生活，就看用什么样的良心和责任来讲述了！好看的故事和高质量的创作，永远是取得成功的法宝。

二

在观看的《太阳的后裔》这部剧时，我无数次地被感动。我已经年过半百，从事电视工作快30年了，看过许多影视剧，也拍过许多电视片，尽管被"哈韩族"的小年轻们戏谑，不太怎么看韩剧的我还是喜欢宋仲基、宋慧乔、金智媛、晋久等优秀演员们的精彩演绎。他们饰演的特战部队军人形象和医护人员的形象，令人耳目一新。他们所扮演的角色在地震面前的一往无前，面对病毒生死关头经受住考验，不分国籍的医生职业者的尽职尽责，体现了军人的职责和牺牲、维护和平的担当、崇尚和遵守职业道德。他们坦然面对，以勇气和智慧，化险为夷，完成使命，赢得爱情。他们讲"团结"，称"前辈"，体现人与人之间应有的尊重，严肃中不失幽默，"爱情套路"时时"创新"，在对方遭遇苦难和危机时给予力量，使观众看到了希望和人性的光辉。

记得2010年我曾去杭州"弘一大师纪念馆"参观，读到李叔同先生的学生丰子恺的回忆文章。文章中说，李叔同先生把一些书中有关做人与艺术的准则，把其中"士先器识而后文艺"的意思说给他听，要求他首重人格修养，次重文艺技术，要做一个好的文艺家，必先做一个好人。

李叔同认为，一个文艺家若没有"器识"，无论技艺何等精通熟练，亦不足道。

后来，作为艺术大师的丰子恺先生曾讲道："有艺术的心而没有技术的人，虽然未尝描画吟诗，但其人必有芬芳悱恻之怀，光明磊落之心，而为可敬可爱之人。若反之，有技术而没有艺术的心，则其人不啻是一架无情的机械了。"

我时常用"器识"二字，来比照生活中的事物。我想，万物同道，"器识"也应该是艺术家的良心与编导者的责任。

曾于2016年9月（中）全国新闻传播类
核心期刊《青年记者》发表

多点直播魅力赏析

——从《纪念日》央视特别报道看新闻事件电视直播节目成功策划的重要性

九月的北京，秋高气爽，阳光普照大地，巍峨的天安门城楼，在阳光下显得更加金光灿烂，熠熠生辉。

2015年9月3日上午7：30，中央电视台并机播出大型新闻直播节目《纪念日》，拉开了"纪念中国人民抗日战争胜利暨世界反法西斯战争胜利70周年纪念大会"活动的序幕。这次新闻直播长达5个小时，中国首都北京的天安门广场，再次吸引了世界的目光，成为世界关注的焦点。

我作为从事电视记者和编辑工作25年的一名新闻工作者来说，观看这次长达5个小时重大新闻事件的电视直播，犹如尽享一次电视新闻的饕餮盛宴，倍感美妙与收获。不仅亲身感受了抗战胜利的喜悦，更加感受了祖国的强盛、民族的尊严、和平的美好和正义的力量。这一切，首先归功于中共中央、国务院、中央军委和国际社会及友好国家的高度重视，举办这样一次引起世界高度关注的纪念活动。同时，我们的电视同行们，从北京主演播室到各个新闻反馈点上的及时报道，从主机位到各个报道点上的机位，从导播台到解说员海霞和崔志刚，都表现得异常完美。《纪念日》全球直播的成功，我想也应当归功于直播工作的前期策划。

先从北京主演播室说起。这次演播室的主播是著名新闻播音员康辉。起用康辉，我想不仅因为他是目前央视新闻播音部的负责人，更主要是因为他的播音风格沉稳老练、能压得住场，这一点十分重要。主演播室的播音员，好比是这场直播的电视总指挥，他的节奏把握事关全局，不能有丝毫的闪失，他要协调每一个直播点上的记者，及时传回播出的内容。当然，主演播室外，肯定有一大批无名英雄在拼命地忙碌着。他们不停地调整收发各路信息，保障主演播室的供稿和下一分钟的播出内容，所以，主演播室里的康辉，也是这个群体的形象代言人。电视节目的播出，是集体智慧的结晶，单靠个人是不能完成任务的，这就需要很好的前期策划，策划方案应该算是节目的"生命线"。

2015年，中国隆重举行纪念抗战胜利"9·3大阅兵"

如今，有先进的卫星传输技术，有大批有才干的记者编辑，掌握和运用着现代化的媒体传播手段，又有传统的职业精神和敬业精神，才能使我们的观众在第一时间看到和听到真实的影像和声音，这也是策划方案的主要内容之一。记者编辑根据自己的分工，要首先想到我们是在替观众服务，观众想听到什么、想看到什么，这就是我们需要报道的重点。根据我的工作实践来看，进入一个事件，尤其是一个重大新闻事件的现场，有时会遇到各种意想不到的困难。有时会缺少信息量，但有时又往往会各种信息扑面而来，让你难以招架，不知如何取舍。这时，对于一个职业记者是一个考验，其能力也就表现在这里。我记得青岛电视台一位资深记者曾告诫与我，他说："不要忘了，你所拍摄的新闻有千万个观众在看，他们就是你手中摄像机背后的眼睛，他们希望看到什么，你就应当拍摄什么。"这次北京大阅兵前的几分钟，央视老牌军事记者，曾多次完成航天飞船报道任务的冀姓记者突然出现在屏幕前，尽管他的普通话不标准，但是，他第一次描述了阅兵式跟随习近平总书记时，如何进行拍摄，如何调整机位，他是操作1号主机的，专门拍摄习近平总书记。2号机、3号机是拍摄受阅部队和检阅车队行进过程的，首次公开电视幕后拍摄工作的分工，这让观众一目了然，看起来既轻松又专业。

这次直播，还有一个非常明显的特点是，现场信息量大，透明度极高，这也是策划的成功标志之一。首先，在纪念大会前，习近平总书记和夫人彭丽媛在端门迎接外国元首和政要，解说员很好地解释了端门的含义。解释端门就是正门，端字有开始的意思。同时又介绍，北京是一座拥有3060年历史的古城，华北日军投降仪式，是在北京故宫的太和殿举行的。这样一个历史事实，所以在故宫的天安门举行纪念抗战胜利70周年大会意义深刻。这样一些文化和历史的解说，应当是前期策划的重要成果，不仅让观众看，还要让观众更加了解历史，更好地面向未来。在会见外国元首和政要时，来宾的音容笑貌尽收眼底，言谈举止，一览无遗。国家间之友谊，宾主间之礼节，位次的排列，问候的方式，还有一些有趣的细节插曲，让观众充分感受到直播节目不是作秀，而是现场的、真实的、透明的。这无疑是策划者给出的大大的一笔亮点，显示出大国新闻的敞亮。

伴随着70响隆隆的礼炮，伴随着仪仗兵铿锵的步伐，伴随着五星红旗冉冉升起，国歌嘹亮，李克强总理主持纪念大会，这代表了国家的意志。中共中央总书记、国家主席、中央军委主席习近平，再次向全世界宣称中国维护世界和平的决心，决定裁减军队30万，并进一步表明正义必胜，和平必胜，人民必胜的共同心愿。阅兵仪式上，央视主播著名播音员海霞和崔志刚，用他们专业的、坚毅的、磁性的音量，认真解读参阅老兵和参阅部队的各个环节，荡人心魄，催人振奋，让观众如临现场，产生了铭记历史、珍爱和平的反思与维护交织的强烈感受。电视直播达到了非常好的真实效果，令人难忘。

我想，我们可以把这样一次直播，作为一次学习的样本，找找身边好的题材，有了好的题材，有了好的设备，还要有好的设计、好的思想、好的方案。是人在操控现代化的设备，而不要让现代化的设备操控了人，一定要进行好实施前的策划工作，策划是节目质量保障的生命线。

2015年9月曾于青岛市广电协会学刊《视听纵横》发表

论多个新闻点的追踪报道

台风、地震、马航、抗战胜利等这样一些词汇放在一起，看上去风马牛不相及，是很不搭调的，也很突兀。然而，当我们把这些词汇用"重大新闻事件"加以解读时，就会发现这些词汇中都包含着许多新闻点。如果将这些新闻点进行全方位、不间断地追踪报道，就会得到这样的结论："旧闻"变新闻，新闻更鲜活。

譬如说到台风，应该是一个年年都发生，很多见的自然现象。说它是新闻也不足为奇，每次台风来袭都会进行一些必要的报道。然而，2015年8月9日中午，中央电视台《新闻30分》栏目的报道，却让我这个从事新闻工作有30多年历史的人，耳目一新。

当日《新闻30分》头题就是"苏迪罗"台风。先是中央电视台新闻演播室主持人用口语播报台风"苏迪罗"袭击我国多个地区，造成严重损失。接着进行现场连线，第一个连线的地区是福建莆田，狂风中，出镜记者被狂风吹得站立不稳，镜头中受灾场面十分严重。镜头立即转向第二个连线地区浙江，浙江的受灾也是十分严重的，大树吹断，街道被淹。

但是，此时意想不到的是，演播室主持人突然播报说，现在让我们连线中国台湾，让我们看看台风的源头经过台湾时的情形吧。紧接着镜头中出现了中国台湾的现场出镜记者，在暴风雨中，他讲述此次台风经过台北时所造成的危害是空前的。镜头同时转向台北桃园机场，强劲的台风中，本来已经加固好的飞机头下的轮胎和加固器材硬是被台风吹得脱落了，几十吨重的飞机机头被台风掀起，上下颠簸，机头连同轮胎摇摆不停。此时，台湾花莲的泥石流灾害顺着山体滑下，淹没许多村庄和社区，灾情十分严重，这些镜头被逐一地呈现观众眼前。

中央电视台新闻演播室里，主持人再次视频连线浙江受灾的平阳县，这是此次台风中受灾最严重的地区之一，已经死亡8人。

到这里，关于"苏迪罗"台风的报道作为当日央视《新闻30分》栏目的头条新闻，就这样结束了。这样一组报道，如接力传棒一般，多点结合，将此次台风给我国各地所带来巨大损失报道得更加全面，使观众更加详尽地了解了此次台风所造成的严重灾害。

这组多个新闻点的追踪报道，是一组"使新闻更鲜活"的典型的报道例证。

为什么这样一组台风的报道让我感到兴奋不已？原因是我期待了15年之久的多个新闻点的追踪报道形式，今天终于在央视看到了。

那是1999年的9月，我随青岛市首批新闻记者交流团赴中国台湾访问交流。期间，我关注了中国台湾的新闻报道方式，感到很特别。那时我发现，中国台湾电视新闻报道对重大新闻事件是采取多个新闻点的追踪式报道的。比如突然发生了一起重大杀人案时，随着第一时间主持人进行口播后，新闻记者迅速赶赴现场，使用先进的地面卫星通信装置连线演播室，讲述发案现场情况。与此同时，多路记者赶赴多个工作地点，多点连线演播室，不断报道刚刚获取的破案最新进展。有的在警局，有的在火车站汽车站港口码头和机场，场面环环相扣，全部是现场报道。在一辆公交车上，有一人酷似犯罪嫌疑人，记者随警察现场直播，当查证此人不是犯罪嫌疑人时，观众紧绷的神经也慢慢松弛了。此时，电视台不失时机地插播广告，广告虽很短但是很贵。很快，又回到演播室连线，在舆论和警方搜捕的压力下，犯罪嫌疑人终于投案，这一过程被记者现场直播。与此同时，另外一路记者早早来到等候的警车旁报告观众，随后的犯罪嫌疑人，将被这辆警车押送某地看守所。当然，新闻暂时告一段落，未来的一段时间，各路记者会通过各种方式，报道犯罪嫌疑人的身份、经历、动机及审判结果。这样准确、及时、全面、多新闻点的报道非常吸引观众，也由此带来价值不菲的广告收入。因为节目吸引人，观众不舍弃看到案情进展的最新结果，这样既招来了观众，也招来了商家，可谓一举两得。值得一提的是，早年在美国，有一个很著名的栏目《哥伦比亚60分钟》，也是一个新闻多点追踪报道的典型节目，很是吸引观众，获得收视和经济效益的双重收获，成为当时新闻栏目的"拳头"。

在中国台湾期间，我们还经历了百年一遇的"9·21"全台大地震。在水电通讯全面中断的情况下，新闻记者出动之迅速，多点报道之全面，利用有效的现代化新闻装备，使听众和观众在极短的时间里，及时了解和掌握灾害发生的大致情况，避免了不必要的混乱和误导。

2008年5月12日的四川汶川大地震，我们也看到了中央电视台及时有效地滚动新闻播出，多点联动的采访魅力。尽管是地震灾害，是危及人民生命财产安全的灾难，但是，由于新闻工作者的使命担当，多点新闻采编报道的成功，带给人们的是灾难面前众志成城的坚强勇气。

新闻事件每天都在发生着，关键是我们编辑记者的头脑和耳目是否够得上灵敏，是否肯动脑筋来运作，是否注重分析、策划、研究重大新闻事件发生之后，所出现的多个新闻点的持续性追踪报道上来。

比如近期有两组新闻也是非常值得探究的。

一个是马航客机失踪515天后找到飞机残骸，这是一个典型的多点新闻追踪报道的案例。

515天经历后，人们可能认为马航飞机失联已经是"旧闻"了。然而，搜寻，不舍昼夜。守望，不离不弃。真相，执着期待。进展，释疑，动态，调查。马航客机载有239人，其中有154名中国公民。

这样重大的新闻事件，在历经515天失踪之后，仍然牵动亿万国人之心和国际社会的关注。新闻从业人员从多个视点、多个新闻点的随时关注，持续追踪，无论是从客观上还是从心理上，都会给期待的人们以极大的帮助和支持，这也是新闻记者的职责所在。

2015年8月6日，马来西亚总理纳吉布，在马航客机失联515天后，首次公布有飞机残骸实物证明马航MH370已经失事。

这一结论，也使马航失联客机由515天之后的旧闻，再度变为新闻。事实上，在马航每一次的搜寻之后，都会再度变为新闻，这就是多个新闻点的新闻追踪报道的魅力所在。也就是说，当一个重大新闻事件发生后，只要在没有最终结果的前提下，就会不断地涌现出新的更多吸引人们关注的新闻点。这些新闻点的持续详尽的报道，不仅能更多地接近真相，也能更加符合人们获取新闻的愿望。

还有一组值得关注的新闻报道是，2015年的9月3日是中国人民抗日战争胜利70周年纪念日，北京天安门进行盛大的阅兵式。连续几天，中央电视台《新闻联播》报道中，每天都有纪念性的报道，其中，最引人注目的是为维护祖国英勇牺牲的烈士们的遗言和许多首抗战歌曲，如《长城谣》《毕业歌》《大刀向鬼子们的头上砍去》，许多歌曲耳熟能详。但是，关于词曲作者的创作经历还是鲜为人知的。此次新闻联播，让这些历史的亲历者和他们的后人走向荧屏，以新闻背景为主题，通过他们的创作和英勇斗争的事迹，很好地回忆了中国人民抗击日本侵略者、浴血奋战、英勇不屈的爱国主义精神，鼓舞人心，激励我们更加热爱先烈们洒满鲜血而为之奋斗的祖国。

由于是用纪录片黑白片作新闻追踪，看上去好像是"旧闻"，但是，对于新中国成立之后成长起来，没有经历战火硝烟洗礼的我们这样的几代人来说，通过"旧闻"追忆先辈的奋战，就是旧闻变新闻，这样的新闻永远具有新闻的历史价值。历史不能忘记。重大新闻事件多个新闻点的追踪报道，永远是新闻工作者常谈常新的话题。

2015年12月曾于青岛市广电协会学刊《视听纵横》发表

论电视节目的艺术性包装

——"G20杭州峰会"央视直播特别节目的启示

2016年的9月，中国杭州，因为主办2016年二十国集团领导人杭州峰会，简称"G20杭州峰会"，而再次成为国际关注的焦点。

这样的瞩目与关注，离不开新闻媒体的共同努力，特别是央视"G20杭州峰会特别节目"的直播效果。

G20杭州峰会

这是一次重大新闻事件的直播特别节目，2016年9月4日央视一改以往紧张严肃的神态，创造出别具特色的风格，艺术性地包装了这次节目，令人耳目一新。达到了现场主持人白岩松所说的"理性的沟通，感性的交流"这样一种效果，这正是国际外交舞台所应呈现的世界领导人聚会共商国际事务的效果。

我是从晚上6点开始看直播特别节目的，一直持续到10点半，由著名导演张艺谋导演的晚会《最忆是杭州》到结束，整整4个半小时的新闻令人欲罢不能。

先是习近平总书记和彭丽媛欢迎出席G20杭州峰会的外方代表团团长及所有来宾，然后是在宴会大厅外的集体合影。这时，电视所展示的是夜晚灯光璀璨照耀下的西湖各个景区的空镜画面，大放异彩，极富艺术性效果。

宴会大厅，民族音乐，表现出浓郁的江南特色，欢快而优美。这时现场的艺术性效果喷薄而出，增强了国际外交舞台的灵活与多样性。

习近平总书记的致辞文采飞扬，与历史集合，追溯400年前利玛窦首次将"上有天堂下有苏杭"介绍到世界，近忆90年前泰戈尔的杭州访问时所作的诗篇。他以杭州的山各具风姿，比喻世界各国形态与发展的不同；他以杭州桥来比喻汇聚各国共同发展的道路，本届峰会会标就来源于杭州的桥所带来的设计灵感。跨越世界的梦幻之桥，二十国集团要与时俱进，知行合一，共建共享，同舟共济。开辟未来增长的崭新航程，推动世界经济强劲可持续平衡包容增长。

欢迎宴会的进行中，演播室主持人与嘉宾不断点评刚刚发生的一幕幕新闻事件，而此时演播室背景画面和呈现在观众面前的电视荧屏画面，大大地令记者称奇。演播室一改往昔呆板的主持人与嘉宾的对话，而是进行了画面的艺术性包装，屏幕的右上角在"直播"红色字样的背后，衬有一幅不停摇动的动漫国画写意树枝。这一动感的树枝，不仅使现场对话富有了灵动，也使观众联想到这是一枝寓意深刻、象征着友谊与和平的"橄榄枝"，在热情欢迎着来自世界各国的朋友们共商发展大计。同时，国画树枝既富有中国元素，也体现了杭州江南园林的地域风貌特征，可谓独具匠心，一举多得。

在演播室的背景，是杭州的雷峰塔和西湖山水画面，也是国画式的动漫图像，不时有一群大雁展翅飞翔，非常美丽。

在屏幕的左下角，有"G20杭州峰会特别节目"字样，角标是一座倒映在水中的桥，这就是此次峰会的会标。正如习近平总书记在欢迎辞中所描绘的那样，象征世界各国沿着不同的桥，汇聚而来，开辟新的航程！

可以说，这次直播特别节目将政治、经济、文化、外交用艺术性的形式兼容并蓄，和而不同，异彩纷呈，切实达到了"理性的沟通，感性的交流"的目的。空镜画面的杭州美景也好，动感画面的动漫国画效果会标的桥和摇动的树枝、雷峰塔、西湖景、大雁飞也好，这些艺术性的包装，不仅没有削弱"G20杭州峰会"的主题，反而一改重大新闻题材直播节目的呆板，使这次国际外交重大活动，在轻松、愉快、庄重的节奏中，获得了世界的瞩目，赢得了美誉！

在此，值得一提的是张艺谋导演的近1个小时的文艺晚会，为这次峰会的成功举办增添了靓丽的艺术效果。他很好地研究了杭州的地域特色，利用西湖的山和水，打造了别样的水中舞台，利用声、光、电和精选的舞蹈歌唱演员，很好地表现了中国元素、杭州元素、国际元素，使整台晚会美轮美奂、美不胜收，很好地展示了中国文化和世界文化的融合发展，也充分展示了我国的自然风貌，使央视的这台"G20杭州峰会"直播特别节目，更加富有艺术性的包装，值得学习与借鉴！

"G20杭州峰会"央视直播特别节目的艺术性包装，带给我们的启示是：电视这一传统媒体正在走向新的改革历程，传统媒体正在与各种新媒体相互融合，共生共存，共同发展。我们的新闻工作者和编导，应当时时观察和发现并研究其动态变化，研究受众的收视心理，研究新闻与艺术的结合性。我们的电视传统媒体，必将百花争艳，推陈出新，历久弥新，永远会有自己独特的生存与发展空间！同样是电视节目，央视能做到的，各地方台也能做到，不要总是拿钱说事，要用头脑想事，社会效益与经济效益，必将同步而来！

2016年9月曾于青岛市广电协会学刊《视听纵横》发表

试论电视节目中动漫画面的穿插效果

2016年9月2日下午五点半，是岛城秋季开学后，师生们迎来的第一个周末。此刻，CCTV—1央视综合频道正在播出的一档节目《开学第一课》深深地抓住了我的眼球，迫使我不得不放下手中的筷子，全神贯注地观看这一节目中的《先辈的旗帜》章节。

动画片《闪闪的红星》

如今的电视节目，已经不再是"单枪匹马"的时代了，这是一个各种媒体百花争艳，共同搭建大平台的时代。传统的与现代的传媒方式并驾齐驱，互为补充完善的时代，因此，央视的《开学第一课》在大平台上的展示是多姿多彩的，不仅是学生们喜欢，家长和老师及电视机前的观众也喜欢。这台节目在传递着巨大的正能量的同时，其制作和策划方式，也是新颖的，因为它结合了所有的艺术和电视表达形式，如歌舞、朗诵。主持人对当事人的现场采访，新闻照片资料，影视图像资料，特别是动漫画面的穿插运用，使《先辈的旗帜》章节生动且传神。这个章节主要是表现红军长征的当事人寻找当年烈士后代以及贺龙元帅的女儿贺捷生少将，还有开国元勋"独臂将军"贺炳炎的儿子，讲述父亲和红军将士们当年浴血奋战，创建新中国的丰功伟绩。由于历史已经翻过，不可重复当年的真实现场，而此时，动漫图像的及时插入，使观众仿佛看到了当年的红军形象。贺捷生少将讲述到，她生下来7天，就随父亲贺龙元帅踏上了万里长征的征途，是父亲将她揣在怀里，骑在马上指挥战斗。激战中，她被父亲甩出了怀里，落到了草地上，战斗结束后，贺龙发现贺捷生没有了，从不惧怕一切的贺龙吓得脸色煞白，急忙寻找着，被伤员发现，找到了贺捷生。贺龙将女儿紧紧地抱在怀中，所有这一切，都被一幅幅动漫画面所展现，生动感人。有人主张把孩子留下来，怕影响大部队的行进，贺龙说，我们连自己的孩子都保护不了，还干什么革命！这些孩子们，是建设新中国的力量啊！动漫插图加上贺捷生少将接受主持人采访时的现场讲述，无不使观众潸然泪下。还有"独臂将军"贺炳炎，是全军唯一不用敬军礼的开国元勋。他16岁参军，17岁担任贺龙总指挥的警卫班长，一个人，用一把大刀，缴获了47名残敌的枪支，在一次战斗中，他右臂被子弹打伤，医生决定手术截臂，借用老百姓家的锯，在没有麻药、口咬毛巾的情况下，硬是2个半小时锯下了受伤的右臂。贺龙总指挥用布包好并托举贺炳炎的伤骨，告诉全军将士，这就是咱们红军的骨头！配上动漫画面，现场的讲述，是立体的效果，是满满的正能量！经历过和没有经历过长征的人们，陷入生活的反思之中：现在的新中国，是无数先烈用生命和鲜血换来的，你感受到她的来之不易吗！这就是传统媒体与现代新型媒体结合的新方式，新鲜、灵活、极富感染力！

动画片《闪闪的红星》

据我的经历和有关资料记载，20世纪80年代末，日本卡通动画片借中国家庭普及电视机而成功登陆中国市场。《聪明的一休》《铁臂阿童木》等动画片，非常吸引孩子，甚至大人们也十分喜欢。进入21世纪后，动漫在中国形成产业，发展迅猛。由此，对于电视节目的吐故纳新，产生影响。

动画片《西游记》

我认为，电视节目，特别是电视新闻类节目，在实际制作中，穿插一些动漫元素，会大大方便观众对节目内容的理解。如类似马航的空难事件、韩国的客船倾覆事件、中国的动车相撞事件。当然，还有许许多多的新闻现场，在新闻播出中，不可能重新复演灾难，但是，为让观众有现场感，这时，动漫图像的制作并在新闻中的穿插，就显得十分生动。这些，在近几年的上述重大灾难的新闻报道中，曾经出现过，而且效果独特。令人欣喜的是，2016年9月4日，央视综合频道和新闻频道并机播出的"G20杭州峰会特别报道"。这样的重大新闻事件的直播节目中，演播室主持人与嘉宾交流画面的右上角"直播"字样的角标背景画面上，正穿插着一幅动漫图像，使演播室内原本显得呆板的直播对话画面变得丰富有动感。既有"橄榄枝"般预示着世界参会各国之间和平友谊，也充分展示了中国元素和杭州美丽的园林风貌及地域特征。这一策划方案为"G20杭州峰会特别报道"的电视直播增添了一抹靓丽的色彩！

　　这次，央视《开学第一课》的策划与制作，在《先辈的旗帜》章节中，大量地应用动漫画面，亲切又自然。长征中的艰辛与胜利后的喜悦，无不生动地跃然于电视荧屏之上，使电视这一传统媒体，不仅没有在新时期黯然失色，反而焕发了青春与光彩！电视这一传统媒体，正在融合多种新型媒体，打造一个全新的媒体平台。对于从事电视新闻工作的人们，我们始终有这样的共识：电视媒体，不仅不会在媒体竞争中消亡，恰恰在于电视的特征，它的直播是所有媒体所无可替代的。如2016年的巴西里约奥运会上，中国女排的冠军争夺战，所有媒体都比不上央视的直播，这就是电视的魅力，形象生动、同步及时。所以，这样的传统媒体，与动漫、与一切新媒体的兼容，必将会有极大利用价值和上升空间，关键在于我们怎样来利用好传统与新型媒体的融合与发展。我认为：兼容并蓄是最好的方式！

　　电视节目中穿插动漫画面，在我台是有有利条件的。近年来，我们从全国美术和艺术高校，引进大批优秀的毕业生。他们创作和运用"一笔画""沙画"以及动画设计的技能和思路超高，他们充满创作的活力，不仅是喜欢，更多地是有着极强的动手制作能力。电视频道应当大胆尝试，大胆启用这样的人才，大胆地创新节目。有道是："千里马常有，而伯乐不常有"。应当运用好人才机制、节目创新机制，创作出更多像《开学第一课》这样充满正能量，散发馥郁芬芳新气息的电视节目，我们的电视媒体才能长久不衰，充满魅力，担负起媒体理应担负的责任和使命，我们的电视传媒，才能充满灿烂的阳光！

　　2016年11月曾于青岛市广电协会学刊《视听纵横》发表

电影电视艺术的教化

写下这样一篇文章，源于近期散步奥帆中心时，看到的触动写作灵感的一幕生活场景：看上去像是正在热恋的一对情侣，穿着时髦，热情相拥，不知怎么的，女孩突然翻脸，拳脚相加，劈头盖脸打得男孩措手不及，男孩一脸"贱像"的任由其在众目睽睽之下打骂，女孩此时转怒为喜，一脸的"公主般"的傲慢模样，一副胜利者的自居状。这一幕，在今天的中国已经是习以为常，见怪不怪了，我感到颇有些"男儿气短，女儿霸权"的"母系时代特征"，大有"巾帼不让须眉"的时代特征。我并非歧视女性的男权主义者，但是，成长起来的青年一代，在大庭广众之下的"奇女子们"所作所为，不仅使我想到一部对中国青少年影响较大的外国剧《我的野蛮女友》。这部剧我在此并非小题大做地认为，它的确教化并致使了一大批青少年，发生了性别倒错，把对爱情的表达方式，化作了一个新世纪初叶时，另外一种"女权至上"的标志性行为，男儿则毫无"阳刚之气"。所以，导致我把蓄谋已久的个人见解，归咎于电影电视艺术的教化，这也未必正确，未必不失偏颇之嫌。

在世界尚未开发电影和电视艺术之前，人们获取形象思维的"成像"，都是靠阅读书籍来完成的，这样一些所谓的

"直观感受"，使曹雪芹、兰陵笑笑生乃至英国D·H劳伦斯的众多作品，成为中西方文学的禁书。文字产生想象，想象就不免使人想要模仿，于是，尽管没有直接产生"画面的文学作品"只能被禁，生怕被"教唆"以至于犯罪。所以，在我们这样一些生长在20世纪的50、60年代的人，不像今天的年轻人那样可以畅快淋漓地肆意阅读经典著作的。如今的阅读时代已经呈现出前所未有的"无禁区"，书城里琳琅满目应有尽有，但是，纸媒阅读已经过时了。电脑、手机App客户终端阅读，已经让人无时无刻地难以离身，不加选择的"快餐式阅读"，很难让人们记住什么是经典之作了。

"工业革命""科技革命""电影电视革命"给人们带来的"视觉革命"的效果是全新的感受，文字变成了"直接的影像"，真是令人大快朵颐。于是，"教化"也就变成了直接的"形象模仿"。于是，艺术的传播力也就愈加地凸现出来了。

不可否认的是，如今的人们，真的很是享福，足不出户，就可以尽享影视大餐，满足视觉需求。

众所周知，世界电影诞生于1895年12月28日的法国。在法国巴黎卡普新路14号大咖啡馆的地下室，卢米埃尔兄弟第一次放映了影片《火车进站》，标志着电影的诞生，卢米埃尔兄弟因此被称为"电影之父"，《火车进站》因此成为世界上的第一部电影。《火车进站》拍摄的是一辆火车开进巴黎萧达车站时，上车和下车，离别以及相聚人们的场景，1分钟左右的影片，真实地记录了当时秋冬之际巴黎萧达车站月台的情景，是一部真正意义上的电影纪录片。

尽管电视的诞生时间有些争议，但是，总体倾向于诞生在19世纪末。

1958年5月1日，北京电视台成立，1958年的6月15日，北京电视台的《一口菜饼子》，是中国大陆的第一部电视剧，到2018年，屈指算来已经60年了。1958年5月1日，这一年世界上已有67个国家的电视台开播。

到1978年5月1日，北京电视台正式改为中央电视台，距2018年的今天，也是5月1日，已经整整40年，这恰好是与中国改革开放40年的时间相一致。时间过得也太快，变化巨大。

在中国电视诞生的期间，1971年9月15日，青岛电视台成立，成为我国最早的城市电视台之一。1984年，中国电视剧制作中心和青岛电视台拍摄了13集的电视连续剧《夜幕下的哈尔滨》，轰动一时。1985年元旦，该连续剧同广大观众见面，央视新闻预报称："这是我国迄今为止最长的一部电视剧。"

故事片《追捕》

因此，电影电视艺术，从诞生之日至今，总共才120余年的历史，说来并不算长，但是，其艺术形式的直观与教化功能，却是不可小觑。特别是"西风"强劲，信仰缺失下的人，很容易就被带到"沟里"。艺术形式原本就是多样化的，这个不难理解，难以理解的是"囫囵吞枣"式的"填鸭"，没有分辨力的模仿，意识形态的"妖魔化"，捞取票房的不择手段，利益驱使丧失道德的"视觉污染"。这样的影视艺术，只能是打着艺术的旗号，挂羊头卖狗肉，误人子弟的骗子，让观众在所谓的艺术与娱乐中，难辨真伪、翻船落海、葬身鱼腹。

所以，电影电视艺术的教化，绝不仅仅是一个制造娱乐的问题，也有政治、经济、军事、文化和教育品行等诸多元素和问题。这就要求我们从事电影电视创作的行业工作者们，应当切实牢记责任、使命和担当，传播事业并非一般的行业娱乐儿戏，也不是"傻瓜相机"式的复制粘贴。

回首40年前，拍摄于1976年的电影《追捕》，1978年由上海电影译制片厂译制完成并在中国公映。伴随着改革开放的40年，这部影片不仅在当年轰动，即便是40年后的今天，也是百看不厌，高仓健（杜丘），中野良子（真由美）加上中国著名电影配音演员用富有特色音质的二度创作，成了一个时代的国家记忆和人生记忆。这就是电影电视艺术的教化魅力，正义、善良、勇敢、顽强、敢于面对邪恶势力、敢于当发正义的呐喊，永远闪耀着人性的光辉！这样的电影艺术家们也赢得了人们永久的尊敬。2014年，当检察官"杜丘"的扮演者高仓健先生逝世时，中国外交部以例行记者会的形式，向这位为世界电影艺术做出巨大贡献的艺术家表达了由衷的敬意，这在新中国外交史上，是不多见的事情。

就在构思这篇文章的过程中，2018年4月26日，中国各影院同时上映了一部国产影片《以后的我们》，演出刚刚结束不久，就有朋友给我发来短信，交流观感。一位离家数月的青年人告诉我："看到电影中老父亲的绝笔信，想到自己久违的父亲，不禁泪目，万千思绪，不知从何说起，也许只有失去才懂得珍惜！"

其实，这种觉悟不算晚，至少他或她从电影中领悟到了一种人生形态和人性所在，所以，让我再一次看到了电影电视艺术的教化力量！

我不禁想到南宋岳飞的诗篇《小重山》：

昨夜寒蛩不住鸣，

惊回千里梦，

已三更。

……

欲将心事付瑶琴，

知音少，

弦断有谁听？

2018年10月曾于青岛市广电协会学刊《视听纵横》发表

精彩的电视新闻必定出自精心的策划

——三赞央视《我和我的祖国》新闻"快闪"编播

2019年的春节，对于我来说，耳畔少了以往过年时那轰如雷声的鞭炮炸响之声，却多了不断滋养心灵的《我和我的祖国》的美妙音律。这音律来自央视新闻频道的一组新闻"快闪"，唱响神州大地、五湖四海，唱响在即将到来的中华人民共和国70华诞的春天。

我和我的祖国	我的祖国和我
一刻也不能分割	像海和浪花一朵
无论我走到哪里	浪是海的赤子
都流出一首赞歌	海是那浪的依托
我歌唱每一座高山	每当大海在微笑
我歌唱每一条河	我就是笑的漩涡
袅袅炊烟小小村落	我分担着海的忧愁
路上一道辙	分享海的欢乐
啦啦啦	啦啦啦
你用你那母亲的脉搏	永远给我碧浪清波
和我诉说	心中的歌

从2019年的2月3日到2月10日，央视新闻频道连续8天，

播出"快闪"新闻系列活动——新春唱响《我和我的祖国》，包括北京首都机场、深圳北站、广东乳源县、武汉黄鹤楼、厦门鼓浪屿、成都宽窄巷、海南三沙、湖南长沙。《我和我的祖国》以"快闪"这样一种年轻人喜闻乐见的形式，不仅让参与者与观众为之动容，也让电视这一传统媒体，焕发出蓬勃的生机朝气和力量，让我深深感佩央视与地方台的新闻编辑记者们的独具匠心的精心谋划。只有精心谋划，才会在电视画面上呈现出这么动人心魄的、好看的新闻现场。

《我和我的祖国》是张藜填词，秦咏诚谱曲，李谷一于1985年首唱的一首歌曲。时光虽然已经过去34年，但是旋律依然是那么的优美动听。凡是能够表达人民美好心愿的歌声，永远会珍藏在人民的心中，无论其创作的历史长短，因为它所表达的是人民的心声。从这一点来说，这就是《我和我的祖国》歌曲的生命力所在。当2019年春节到来的时候，中华人民共和国的70华诞也将到来，在这样的一个春天，我们怎能不期待我们的祖国，在一个新时代里更加繁荣昌盛。祖国好，才能大家好，这是人民的共识！因此，从央视播出"快闪"活动的第一场，便收获了大量叫好声。《我和我的祖国》这首歌选得好，这首歌奠定了新闻"快闪"的主基调，谋篇布局有了画龙点睛之笔，妙不可言，这是我对央视新闻"快闪"策划的第一赞。

第二赞是演唱者的选择非常有代表性。比如说在成都的宽窄巷，一位银发老人背着一把吉他，率先唱响"我和我的祖国，一刻也不能分割"，从标注的字幕上看，我们才知道，这位颇有艺术气质自弹自唱的老人，已经75岁，是

来自中国台湾的歌手，他叫陈彼得。他在宽窄巷子里忘情
地演唱让人泪奔，使观众联想到海峡两岸的中国人，一脉
相承，此刻都在过着同样的民俗节日，宽窄巷也包含着深
刻的意味：和平友好的生活愿景。后来，我查阅了陈彼得
老人的资料：这位著名音乐人，1944年出生于成都，3岁时
随家人移居台湾，陈彼得的原名为陈晓因，自大学起就与
音乐结下了不解之缘。他在华语音乐界拥有举足轻重的地
位，其作品《一剪梅》《阿里巴巴》等都是耳熟能详、经
久不衰的著名歌曲。在接受记者采访时，陈彼得老人由衷
地说道："这是我做得最好的一件事，拉着乡亲们一块，为
祖国唱一首赞歌，之前听说有这样的机会，我迫不及待地
加入进来。"

　　第三赞是记者编导们在策划这组新闻时，对于"快闪"
演出的地点选择和谋划特别用心，寓意深刻。

　　称赞《我和我的祖国》"快闪"的采编播出，不仅因
为节目由央视新闻频道策划直播，并在《新闻联播》中精
剪播出，关键是策划者将新闻的"时间、地点、人物、事
件、结果"等所有的新闻应具备的元素全部囊括其中，以
活动现场的形式，真实情境的表达，使电视传媒这一传统
媒体，再次彰显它的生命力，为全国所有的电视媒体提
供了优秀的范例。谁说广播电视等传统媒体没有观众、没
有市场、不可救药？央视的此次的成功策划播出，再一次
振奋了广电媒体人重振雄风的信心，不是我们的广电媒体
"老了"，而是我们的编导、记者的思想策略已经未老先
衰。只要我们走向基层、改变思维、策划出好看的节目，

照样可以先声夺人，无可匹敌。央视的《诗词大会》；今年春节央视《新闻联播》中即将新婚的一对铁路职工，费尽周折，零点时在车站上不足一分钟的相逢，让观众无不动容；厦门金门两地烟花迎春，化60年前的炮火硝烟，为今日两岸共庆中华民族新春的互庆礼花；还有驻扎在祖国的高原边疆，爬冰卧雪的边防战士……这些都是我们的记者编导们深入基层、挖掘策划拍摄出来的，来自我们生活身边的好看的电视新闻。

此次央视《我和我的祖国》"快闪"新闻的成功运作，取决于选了好歌，选了好的演员的基础上，又选取了具有代表意义的好的背景拍摄基地，这一点，大大凝聚了创作人员的独具匠心，也是记者编导们深入基层一线实践的结果。

北京首都机场的选择，代表了即将崛起的京津冀和雄安新区的发展功能的凸显；

深圳和广东，既是改革开放的前沿，也是港珠澳连线的前沿区域；

武汉的黄鹤楼，极目四望，这里是"一桥飞架南北，天堑变通途"国家枢纽；

厦门鼓浪屿，既与金门岛隔海相望，又是世界文化遗产的代表之作，福建还是海上丝绸之路的起点；

成都的宽窄巷子，期望我们的生活变得相互包容，和谐共生；

海南三沙，是祖国南海的前哨，是具有非常重要战略意义的海防前沿；

湖南长沙，则是一处带给我们历史的回顾与前行力量的温暖的地方。

2019年是中华人民共和国成立70周年华诞。70年前的中国，以毛泽东同志为代表的中国共产党，全心全意为人民服务，彻底推翻了旧世界，并且在国家一穷二白的基础上，坚持独立自主、自力更生，创立了社会主义的新中国。

70年后的今天，以习近平同志为核心的党中央，正带领全国各族人民，为实现"两个一百年"的奋斗目标，不忘初心，努力前行，开辟新时代的征程！

2019年2月10日，正值中国农历的正月初六。我从央视的电视直播中，第一次从陆、海、空的角度看到了湖南长沙立体的橘子洲头，伴随着湖南《浏阳河》的背景音乐，伴随着《我和我的祖国》那优美激扬的歌声和旋律，目睹电视机前欢庆的人们聚集在高高耸立着的毛泽东同志青年时代伟岸的巨型雕像时的场景，禁不住浮想联翩，击掌祝贺我们的广播电视同行们策划奉献了这样的精彩的新闻节目，大大丰富了我们的荧屏生活，赞颂了我们伟大的祖国和人民勤劳与智慧，开创了我们传统媒体的又一次创新发展与尝试，为传统媒体的再一次整装出发带了一个好头。

毛泽东雕像矗立在橘子洲头

我不禁感慨并再一次的诵读了毛泽东同志于1925年写下的著名篇章《沁园春·长沙》：

独立寒秋，湘江北去，橘子洲头。

看万山红遍，层林尽染；漫江碧透，百舸争流。

鹰击长空，鱼翔浅底，万类霜天竞自由。

怅寥廓，问苍茫大地，谁主沉浮？

携来百侣曾游，忆往昔，峥嵘岁月稠。

恰同学少年，风华正茂；书生意气，挥斥方遒。

指点江山，激扬文字，粪土当年万户侯。

曾记否，到中流击水，浪遏飞舟？

2019年4月曾于青岛市广电协会学刊《视听纵横》发表

诗词歌赋篇

静观春秋，凝望诗词歌赋中的历史与现实。

——2019年5月11日子实自悟语句

兰　赋

——为纪念父亲"百日"而作

　　父亲酷爱兰，余将诞生之际，若为女性，则赐名"兰秀"，故成一段人生佳话，皆因兰有为人与仁之理也！孔子作《幽兰操》（《猗兰操》），韩愈亦曾作文颂兰之品行，皆因兰有人之品格，故可颂扬。子曰："兰为王者香"。兰藏幽谷，芬芳依然，兰容高雅，无可匹敌！

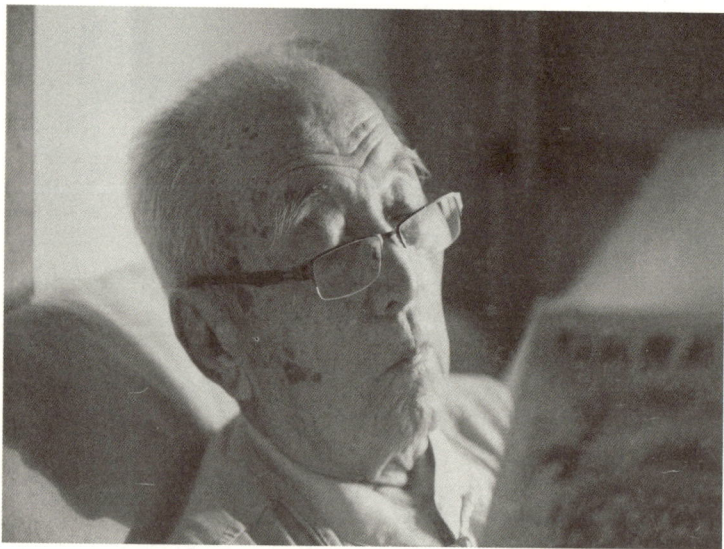

活到老，学到老的年近百岁高龄的老父亲

父亲一生，养兰无数，书法绘画，多以兰为内容，临终前夕，父亲已近期颐之年，病榻之上《兰亭序》仍可清晰背诵，并现场指导勘误余诵读时的两处错误，时至今日也，仍令吾感怀不已！

今日乃父亲作别90日整，日夜思念之音容笑貌，感念其养育之恩，舐犊情深，故作《兰赋》一文，而待"百日"之时（2018年11月12日）捎与父亲。

芝兰并茂，如生吾父。
兰之依依，芳香如故。
先父爱兰，视若生命。
兰之品行，追随一生。
幽兰山谷，本是宿命。
移入雅室，反照如镜。
依依之兰，从不随众。
启牖时来，与众不同。

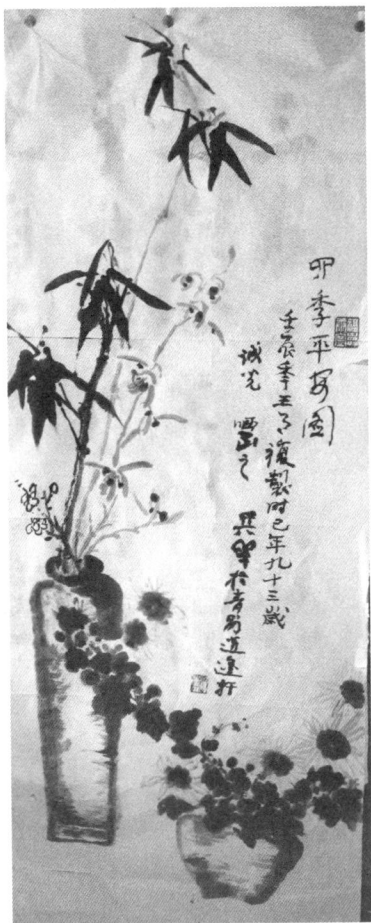

93岁高龄的父亲在病愈后将其亲手创作的"四季平安图"赠我留念，成为我的终生珍宝

2018年11月8日子实于逍遥轩东窗书屋

父亲85岁时的兰花作品

海　葬

——我与父母的心愿

吾欲葬于大海兮

回我久别故乡

海之墓地辽阔兮

系我生长地方

命与天地往来

眼里有我世界

生也一起

死也一起

会聚父母大海里

无身无患

无牵无挂

无生无灭

无作无息

魂魄自由宇宙兮

我们畅快淋漓

2018年12月28日

子实于青岛逍遥轩东窗书屋

中秋夜感怀

苍穹漫漫

千里远

雨洒天地间

似有

思念泪满面

中秋不见明月夜

并非心盲

便是自然

阴晴圆缺

亘古这般

天不遂人愿

古今从未变

人若随天愿

天人一起转

2019年9月13日农历八月十五夜
子实于青岛逍遥轩东窗书屋

清　明（一）

夕阳烈焰烧天际
恰如短暂一人生
挫骨扬灰溢天地
清明正气满环宇

清明节前夕，2019年3月31日傍晚散步青岛音乐广场时，大风天气中，我见夕阳西下，红如烈焰，随作诗句。

怕创作灵感遗忘，随即用短信发给徐文娣护士长存留。

这也是我出门在外随时记录创作的方法之一，经常会用此法给战友、同学、同事、朋友等发短信以便记录下来思考创作的内容，一是怕遗忘，二是想听取不同的意见的反馈，相互学习借鉴。

2019年4月13日
子实于逍遥轩东窗书屋

清　明（二）

清明时节之霾雾兮

阴魂如尘而落

动人心魄之灵有兮

生死往来如昨

渔樵笑看风雨

散发扁舟远逝却

唱曰：

如露如电

如梦如幻

　　此诗作于2017年9月，因《生死尊严——与在天国母亲的七次对话》一书而作。

　　在录入此作品的同时，十分感慨中国民主促进会创始人之一、政协全国副主席、赵朴初居士对自己一生的概括总结，写道：

生固欣然

死亦无憾

花落还开

水流不断

我今何有
谁欤安息
明月清风
不劳寻觅

2019年5月31日
子实录入于青岛逍遥轩东窗书屋

独自床上悟语

> 一尺宽床半尺书
> 足以容身润脑筋
> 生性从来不畏难
> 敢让诗书辨命运

　　随手读用的书报杂志及资料，占据了自己的一大半睡床，自娱自乐，不足与外人道也。2019年2月28日，子实自悟于逍遥轩东窗书屋床上。

　　由此，想到林语堂先生的"半半哲学"！

　　同时，也想起了父亲天祥先生，经常诵读的郑板桥先生的《山居》诗：

> 一间茅屋在深山
> 白云半间僧半间
> 白云有时行雨去
> 回头却羡老僧闲

2019年5月27日夜22时11分
子实于青岛逍遥轩东窗书屋

梦母泪

大雨滂沱如心泣
海水滔滔似梦里
亲娘生辰惟相思
生生不息通天地

"难怪古人多嗟叹，最痛皆是不相见！"这是我的自作句。

2018年12月2日，是母亲农历十月二十五日的96周岁诞辰纪念日。梦醒时分，清晨大雨滂沱，如我思娘泪流。

2019年4月13日
子实于青岛逍遥轩东窗书屋

借鱼寄情深

谷雨出鲅鱼

争鲜孝双亲

去岁父母在

今春念故人

时光如流水

借鱼寄情深

此诗为《生死尊严》一书而作。

青岛素有谷雨时节购买新上市的鲅鱼孝敬老人的习俗，这一传统非常之好，可以让子女与父母双向亲情互动，值得提倡。

2019年的谷雨时节的前二天，也就是4月18日，我照例采购两条新鲜的鲅鱼，一条烹饪后供养父母双亲和祖先亲人们；一条送给已是80周岁高龄的岳母尝尝鲜，一如既往地表达后代之辈对老人们的敬重与感恩之情。

2019年4月25日

子实于青岛逍遥轩东窗书屋

新一年里拜望父母瑞像

青烟袅袅九重天
多少思念绕其间
人生不过百岁日
再仰望时成像片

自2018年8月5日清晨，我一生疼爱的老父亲故去后，一个问题始终萦绕在我的脑海中，久久地挥之不去，我总感觉到自己在父母生前，有许多事情做得不够尽善尽美。

作者给父母拍摄的金婚照

面对二位老人的金婚合影，我与他们倾心交流。

我始终在想，做人应善待自己的父母双亲，所谓的孝顺与顺孝是不同的做法和不同的概念，这一点，我也是在失去父母，特别是在失去父亲后有着切肤之痛的感受的。我们在父母生前做得还不够好，特别是没有能够理解老年人的精神和生活的需求，而一味地认为，我们伺候着他们的吃喝拉撒就是最大的孝顺了，其实不然，他们生前的要求其实很少很少，只是想按照自己的活法来活，但我们有时不够耐心，不能体察，而是一味地按照自己的想法去做，这样，有时就会背离他们的主观愿望，让他们心情不痛快，但是他们年事已高，自己已经无能为力来解决自己的问题了，只能听由别人的摆布，这样的孝顺在我事后看来，并不是顺从父母愿望的顺孝，其结果往往是事与愿违啊！

事后，再好的烟酒，再好的纸香，也难掩我心中反思的痛，因为他们再也抽不上好烟、喝不着好酒了，正所谓"一滴何曾到九泉"！你也再也无法当面倾听他们的诉求，再也无法改正自以为是的错误了！

父母尚在的亲朋们，好好善待自己的父母吧，把他们的愿望化成现实，这就是人生中最大的顺孝，这也是我们中华民族传统的品格精华所在！

2019年1月26日子实于逍遥轩东窗书屋

墨兰观感

兰之依依花清香

晶莹兰露挂琼浆

从不居功傲百花

独有傲骨暗自藏

2019年2月9日（农历正月初五日）见墨兰挂浆，心有灵感。

此乃今年春节特赠父母之花，如父母生命在此，最爱我和我最爱的人，仍是父母双亲。

2019年4月14日

子实于逍遥轩东窗书屋

春风入怀

风吹门面开
误识有人来
春风潜入门
生命迎入怀

2019年2月9日（农历正月初五日），央视播出采访作家冯骥才的专题片，冯骥才讲述了当年过春节时，满街买酒的故事。

有一年过年时，为亲人团聚只差一瓶酒。他找遍了大街小巷，最后，敲开一家刚刚关上门，也准备过年的小杂货铺子，花了一元钱，终于买到了让全家人春节团聚的一瓶酒。

冯骥才将过年一元钱买酒的故事，上升到中国的文化高度看待，他说：一定要与自己有血缘关系的人团聚，全家人围坐在一起过年，一瓶酒，哪怕是一口酒，足矣！为思想活着，天下同此心。

当晚，又看了央视《诗词大会》栏目。见诗词赛场上，赛手们口若悬河，舌灿如莲，我不觉自作句随口吟道：

自古诗词无人绝，各有辞赋在心头！

2019年4月14日

子实于青岛逍遥轩东窗书屋

墨兰之情人节

近身寻香却无味

开门时来满馨香

特意寻香不得香

未曾留意香满襟

2019年2月14日，正值西方情人节，春节赠父母的墨兰花，盛开在墨绿色的枝叶间，颇有孔子《猗兰操》、韩愈《幽兰操》中的模样，"不采而佩，于兰何伤？采尔佩之，奕奕清芳。"触目感怀，睹物思人，留下字迹以记之。

2019年4月14日

子实于逍遥轩东窗书屋

读刘镜如先生巨作
《雪松诗词稿》感怀

丹心一片妙手高，
胸怀万世把脉瞧。
生生不息唯传承，
子孙之茂乐逍遥。

（后学敬诚，捧读先生华章，心潮澎湃，感悟良多！先生于耄耋之年，仍持之以恒行医济世，为社会大众奉献精湛医术，正是大医精诚的最佳诠释。

为子孙后代传承我中华文化之精华，仍笔耕不辍，实乃后学楷模，钦佩先生才学之际，后学更当努力践行之。）

附：（诗句注解）

一、丹心一片，乃医者济世救人的高尚品行。妙手，在此系双关语，一是妙手回春；一是妙笔生花。高，也是双关语，一是医术高超；一是先生的人生站的角度高。

二、胸怀万世，乃先生心中有患者大众，也有社会的政治的经济的人生和价值观。把脉，一是望闻问切为患者把脉，一是胸怀万世为社会把脉。瞧，是先生站的角度高，才把人的病，社会的病，瞧得透彻！

三、生生不息，既来自《周易》文化，也来自道通天地，万物生长。既是儒，也是道。"北宋五子"之一的程颢，有诗《秋日偶成》中句：道通天地有形外，思入风云变态中。在发展中静观春秋，更要像先生一样关注后学的传承，只有传承，才能有发展的基础。

四、子孙之茂，茂字用在此，取繁茂之意，来自韩愈根据孔子的《幽兰操》改编的诗文，"雪霜茂茂，蕾蕾于冬，君子之守，子孙之昌。"，春花春芽都是埋藏于大雪的覆盖之下，待来年雪化了，春风吹拂下，又是一代一代的生根发芽，又是一片一片的繁花似锦，怎么能不让后学们感受到前辈赋予的丰厚养分，而使大家向荣相融的向往逍遥快乐的人生啊！

敬请镜如先生斧正。

2018年11月24日

子实于逍遥轩东窗书屋

春尽夏来冬不远

退却黄花萌绿芽

一年一年又一茬

春尽夏来冬不远

最美人间四月花

上班路上，子实见小公园内花瓣满地，绿芽萌出，蓄势待发，不由思念起被赞誉为"辛勤园丁"的老师们。

原青岛市第26中学高中班主任、后青岛大学中文系王秋教授，自2014年10月5日凌晨4时许，因突发脑出血经抢救后成"植物人"状态。

自1981年高中毕业后一直到王秋老师生病的5年间，每逢教师节，中秋节，春节，我都会单独或约班上的同学们结伴看望她。

2019年8月16日早晨6点零2分，与病魔抗争5年的王秋老师在青岛与世长辞，享年85岁。

王秋教授一生甘愿清贫，教书育人，勤俭持家。节约下来的工资，全部捐献给失学儿童。

她的家中，悬挂的是刘禹锡的《陋室铭》和杨慎的《廿一史弹词》，惕厉自省，除此之外再无任何豪华奢侈之品。

她无愧于最优秀和最美丽的人民教师称号，值得我们后辈之人很好地向她学习！

原山东师范大学夜大学青岛分校创始人尹铁铮校长，已于2009年3月23日21时30分在青岛逝世，享年78岁。至2019年的3月23日，尹铁铮校长离开他终生热爱的教育岗位，已经整整10年了。

自1985年至他不幸离世的2009年，尹铁铮校长带领全校教职员工，砥砺开拓，艰苦创业，为国育才，不曾片刻离开他辛辛苦苦亲自创办的山东师范大学夜大学青岛分校。

铁铮校长不向国家伸手要一分钱，也不拿国家一分钱的工资，而是白手起家，率先创办了全国著名的夜大学品牌。25年的办学时间，山师青岛夜大学，汇集全国名师任教，校风校纪严格，不仅管理井然有序，而且富有创新发展，已向全社会输送了上万名的有用人才，其伟业可歌可泣。

我曾在《生死尊严——与在天国母亲的七次对话》一书中为其写下这样评价：

铁骨铮铮

实至名归

教书育人

千秋功勋

王秋教授、尹铁铮校长，他们两位令人尊敬的长者和老师，皆是我生命中的贵人和恩师！

人世间仅仅数十年人生，想想看，皆是无一例外，哪怕是这样一些为社会贡献一生的人民教师，禁不住感慨万端。

人，应当好好做人，好好做事，珍惜光阴，多做善举，方能永恒地活在人们的心中。

当然，人，不过是宇宙中的一个物种而已，不必妄自菲薄，也不必妄自尊大，一统天下万物。

凡是物质都有一个生灭过程，这是自然之规律，无人可以逃脱。

还是风来挡风，雨来沐雨，花开赏花，雪飘当风景，风清月朗看环宇吧。

还是应当勤勤恳恳地做事，干干净净地做人！

2019年5月26日

子实于青岛逍遥轩东窗书屋

虚构中致爱的梦幻

俯身　大厅　沙发

深夜聆听　雨的音乐

希望在这雨的音乐中　把我带走

带到没有人迹　只有雨的天堂

我渴望

我渴望　雨露的浇灌

在雨中　我奋然起舞

踏出　雨的节拍

那是　张园的声音

她在叫喊着　向我奔来

清晰地叫喊　舒婷　顾城的名字

那是多么熟悉的诗人啊

是两颗在海边　温存青年的伴侣心灵

都很热爱的诗人　因他们而生情愫

我平生第一次　吻　一个女孩

吻　她的颈

撩起　她的头发

伴着诗歌与海浪

我们共同欣赏的

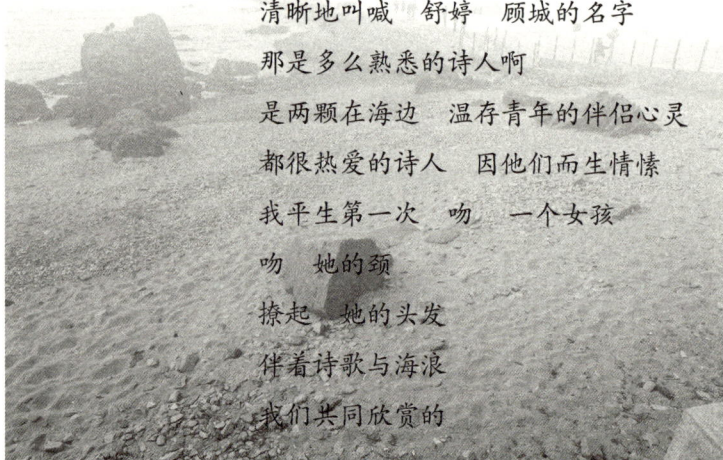

诗人　诗中讲的

就是雨

在雨中奋然挣扎

她倒在我的怀中

身上　有淡淡的体香

清洁　淡然

这味道　我一生

再也　追寻不到了

真水　无香

有雨　真好

　　此诗作于2018年7月23日凌晨3点25分。凌晨2点半，给98周岁的父亲陪床时，见到马路上的一景，仿阿巴斯的笔触写道：

醉汉凌晨2点半

站在十字路口中央

辨不清回家的方向

　　诗句写罢，然后长时间地失眠，这时突然天降大雨，打得窗台噼啪作响，于是便有了上述的诗篇。后于2019年4月29日凌晨1点录入时，更名为《虚构中致爱的梦幻》。

　　"张园"是那样一个青春时代的"爱情符号"，尽管一闪即逝，但却从未忘记！是一个永远永远再也无法触及的"爱的梦幻"，不是停留在现实生活中，而是永远地停留在万千思绪中。

正如同我早年曾在诗文中写的那样：

每当读起舒婷、顾城，

心，就如同被雨水冲刷过一般，

雨停住了，

血凝固了，

泪干涸了，

只有思念永存！

2019年6月1日

子实于青岛逍遥轩东窗书屋

夕阳下的青岛八大关海边

十六字寄望鄢长骏未来的人生

学会珍惜

懂得感恩

扎实工作

好好做人

2019年4月27日，鄢长骏与一位四川姑娘，在青岛锦绣园举行定亲宴会。我因父亲故去尚未满周年，且有为父母守重孝三年之规矩，故由妻子全权代表，与姑娘及其专程赴青的家族亲人们聚餐交流，研究达成双方婚姻意向。

选择在锦绣园举行定亲宴会，一是考虑鄢长骏1992年5月30日出生于太平角一路七号，在这里生活到1岁3个月才迁徙到现在的辛家庄"逍遥轩"生活，因此，八大关太平角一路7号才是鄢长骏真正意义上的故乡，这一点，他不应该忘记。如今，他和我们全家人的户口簿及身份证件，仍然是在八大关太平角一路7号，仍然隶属八大关公安和太平角社区管理。身在锦绣园，正好望故乡，此次活动选址意义重大！

二是，锦绣园有锦绣前程的寓意，希望他们即将开始的新的生活和工作，能够扎扎实实，前程似锦。能否如愿，关键在于天时地利与人和，关键在于他们自身的努力与拼搏。

期待他们未来的人生，能够按其所愿，有所成就，收获做人、事业、爱情、家庭生活等全面而丰硕的成果。

在锦绣园举行的定亲宴会结束后，鄢长骏发来了感谢短信，全文摘录如下："感谢父亲！今日定亲宴圆满完成，感谢您安排得这么周到，辛苦了父亲，再次感谢您的安排！"

开篇十六个字的诗句，是我对鄢长骏致来感谢短信后的回复。其中第四句话，原回信内容为"好好生活"，现更改为"好好做人"，我想，只有好好做人，才会有更好的生活基础，更好的未来。

2019年5月26日

子实于逍遥轩东窗书屋

送 年

刚刚除夕日
又到送年时
人生天地间
岁岁犹如此

2019年2月6日，是中国农历的正月初二，此日子在青岛的民俗中为"送年"，这正是迎来送往，一年又一年啊！

此时，看网络剧《延禧攻略》，有几句台词记了下来，以备查阅。

一共是有三句台词：

"妒则生忧，忧则生怖。"
"人苦不知足，既平陇，复望蜀。"
"量小非君子。非常时期，就要用非常手段。"

鄢长骏与四川姑娘在青岛定亲后，2019年5月2日，已奔赴成都生活工作，开始人生新的旅程。但愿他们能够靠自身努力，实现自己的人生志向，一帆风顺，家庭事业有成！

我想到了唐朝王维的《送别》诗：

山中相送罢，

日暮掩柴扉。

春草明年绿，

王孙归不归？

另有一："自古诗词无人绝，各有辞赋在心头。"

另有二："只有强劲的风，才能够吹开海上遮蔽太阳的乌云。"

以上两句话语，乃吾之自悟句也。

2019年5月26日16时55分

子实于青岛逍遥轩东窗书屋

何须你死我活争

人生不过空如此

唯见生蛾伴像飞

何须你死我活争

争来争去皆是空

2019年2月12日夜，农历正月初八，见父母遗留下的食品生蛾虫，绕其二位先贤的合影瑞像翩翩而舞，随弃置剩余食品后，感慨人生变化如此景象，生出此句。

父亲属相为猴！

又想起父亲天祥先生于丁亥年初冬八十七岁时，书赠给我的苏轼先生的《和子由渑池怀旧》诗句：

人生到处知何似

应似飞鸿踏雪泥

泥上偶然留指爪

鸿飞那复计东西

读罢不觉感慨兮之……

当晚又看央视《诗词大会》节目，独自遂得句曰：

小胜一局莫得意，
从无败家从无赢。

2019年5月27日22时29分
子实于青岛逍遥轩东窗书屋

宫中斗

——观《延禧攻略》有感

花凋落

冬落雪

一年一岁

瞬间过

宫中斗

心叵测

手谈一局

谁更绝

2019年2月1日春节前两天，独自在家中用投影机，观看《延禧攻略》网络剧，其剧中的各种人物命运，使我产生这样的感慨：

知足，

知不足。

尽人事，

听天命，

纵有千般不舍,

命如此!

遂有上述《宫中斗》自悟句。

2019年5月26日17时20分

子实于青岛逍遥轩东窗书屋

《延禧攻略》观感

延禧攻略忆大清，
宫闱争斗说人性。
面善面恶心难测，
善恶难辨悬明镜。

2019年1月30日，看网络剧《延禧攻略》有感。

人品、人格、人性、人生之种种表现与表象，不可说皆是实相和真相。

只能由此及彼，由表及里，听其言、还要观其行，方可辨别一二。

这就需要积累实践之经验，心悬明镜，以唯物主义者的目光，祛除三毒、澄清五蕴，力争达到"不畏浮云遮望眼，自缘身在最高层"的境界，辩证看待世间万象。

2019年5月26日

子实于青岛逍遥轩东窗书屋

人如鸟兽入笼间

空将躯体辗转侧

来年不知能做何

世事变迁只为钱

人如鸟兽入笼间

2019年1月8日深夜，面对现实世界的状况，转转反侧，夜不能寐，浮想联翩。内心慨叹：

钱为杠杆，

必动人心，

人心不稳，

天下必乱，

钱是工具，

将人役使，

可叹可悲，

可恨可怜！

人生之所以错综复杂，说到底，还是人的问题，还是意识形态、世界观、价值观、人生观不同等问题所导致的必然结果。

2019年5月26日18时01分

子实于逍遥轩东窗书屋

殊途同归

时日终有尽
殊途而同归
大海天地间
结局无相异

此"断句"系为《生死尊严——与在天国母亲的七次对话》一书而作,今特别辑录之《无一例外》呈现。

人生之所相似,皆因归宿一致,无一例外。

人生之所区别,皆是过程不同,无一例外。

2019年5月26日18时16分
子实于青岛逍遥轩东窗书屋

黑　洞

黑洞

确实存在

并非人类的猜测

科学已知的证实

从爱因斯坦

到霍金

靠的并非是神道

而是

努力的探寻

科学的论证

人类并非

想有就有

想否定

就不存在

自然的哲学与真理

永远地超出人类的

想象

从来就没有什么救世主

也不靠神仙皇帝

要创造人类的幸福

全靠我们自己

我们生存的

这个宇宙

只是猜测

用人类的智慧

猜测

却并非都是真相

之所在

猜测

仅仅也就是猜测

只有证据

充分的证据

能够

证明的一切

要真相不要假说

人类为寻求与探索

付出了生命

君不见

探索科学与真理的

先行者遗骨

至今

还飘浮在

宇宙太空

2019年5月23日20时25分

子实于青岛逍遥轩东窗书屋

活，就要活得盎然

是

是的

我们终将要死去

无一例外

但是

我们

想要

活下去

就要

有一种

浩然之正气

活得有骨气

活得盎然

活得生机

……

人，必须面对当下，面对历史的经验与教训，好好活着！

2019年5月26日18时39分子实于青岛逍遥轩东窗书屋

作者小传

作者鄢敬诚

鄢敬诚，男，父赐字"子实"；自取字"中直"；自取号"听涛之人"。笔名：子实、晓言。

1963年7月28日，出生于青岛市八大关太平角一路7号。

1981年，开始在海军北海舰队某特种兵部队服役。曾先后担任侦察兵、连部班班长、文书、团支部副书记。服役期间曾兼任《人民海军》报社特约通讯员。其作品曾获全军二等奖并被解放军出版社结集出版。

1983年，在部队期间，时年20岁，独立创作完成了以海军旅顺基地406医院传染科护士刘敏为创作原型的第一部短篇小说《印象》。

1986年，回到地方工作后至2021年，已连续从事新闻报道工作35年。

2003年，创作完成第二部手写42万字的纪实性自传体作品《经历》。

2011年，创作完成第三部纪实对话体作品《大医精诚——与中西医药学名家刘镜如先生的人生漫谈》，经国务院台湾事务办公室所属九州出版社出版。

2017年，创作完成第四部纪实性作品《生死尊严——与在天国母亲的七次对话》经山东画报出版社出版。《大医精诚》和《生死尊严》出版后，曾在青岛书城和青岛市图书馆相继举办了赏读会和相关的社会公益赠书交流活动，并在青岛书城上架。两部作品均被青岛市档案馆、青岛市图书馆、青岛文学馆、山东中医药大学图书馆收藏。

2019年，开始构思创作第五部作品，文集《无一例外》（内部交流手册），再一次将作品献给自己一生敬重热爱的父母双亲，以表达自己内心深处对父母双亲的感恩和怀念。该作品于2019年12月1日在青岛市图书馆举行读者交流会。

作者现为青岛市广播电视台资深电视新闻记者、主任编辑；中共党员；曾多次获得中共青岛市委、市政府先进工作者荣誉称号。

从1991年到青岛电视台新闻中心担任电视新闻记者以来，先后在北京广播学院（现中国传媒大学）电视系进修；曾参与创办青岛电视台历史上第一个新闻专栏节目《视新20分钟》，并担任栏目主摄像。

长期担任青岛电视台新闻中心《青岛新闻》时政记者；担任市委、市政府、市人大、市政协、市纪委，市委宣传部和市文明办，以及卫生、民政、驻青部队、双拥、共青团、总工会、妇联、计生委、体育、科技等多个单位、多个部门和行业新闻报道工作。

长期担任党和国家领导人及外国元首访青报道工作。

长期担任驻"两会"新闻报道工作。

1996年赴西藏日喀则采访首批青岛援藏干部。

1997年深入云贵川藏老少边穷地区救灾、扶贫。

1998年出席在北京人民大会堂举行的全国无偿献血表彰大会，并与党和国家领导人在人民大会堂合影留念。采访出席大会的青岛市无偿献血全国先进典型。

1999年参加青岛市赴台湾首批新闻记者交流团，成为青岛电视台有史以来第一位赴台湾的电视新闻记者；在台湾期间，遭遇百年一遇的"9·21全台大地震"。曾在多个媒体上率先报道中国台湾。

2002年担任青岛市少儿电视发展促进会常务理事，创办《金童卡》。

2003年创办青岛电视台有史以来的第一个新闻小记者学校，并担任首任校长；首任小记者团团长。

2004年创办名牌《金童世界》少儿电视专栏节目。

2016年经山东省委宣传部高级职称评委会获评新闻高级系列主任编辑资格。

2017年兼任青岛市老摄影家协会副秘书长。

2019年11月荣获中华全国新闻工作者协会授予"从事新闻工作30年，为社会主义新闻事业做出了积极贡献"中国新闻行业最高荣誉证书和纪念章。

2019年12月，作品《无一例外》（内部交流手册）在青岛市图书馆举办交流活动后，荣获"2019青岛好书榜"，系

2019年度评选出的青岛籍作者30本好书之一。

　　曾有多篇作品在《作家报》和《青年记者》全国核心期刊上发表，并被《中国知网》收藏。

　　多部电视作品荣获国家和省新闻金奖；牡丹奖；泰山奖；青岛市新闻一等奖；省新闻和公益广告金奖。

　　作品《生死尊严》已被推荐为青岛市文学艺术创作重点工程项目，参评国家"五个一"奖。

　　2020年获准加入山东省作家协会会员。

　　系青岛影视文化研究会会员。

　　山东省新闻美术家协会会员；

　　青岛市摄影家协会会员；

　　山东省摄影家协会会员。

后 记

这是一部创作于2019年的散文、随笔、影评、论文、诗词歌赋等集结一体的文集，初衷是为纪念一周年的父亲，没想到竟获评"2019青岛好书榜"。尽管当时印制了数量有限的内部交流手册，但在青岛市图书馆举行读者交流会并被推荐参评好书榜后，至爱亲朋索书者不断。

2021年7月1日是中国共产党建党百年华诞。2021年8月5日，也是父亲的三周年纪念日，承蒙中国海洋大学出版社抬爱，现将2019年《无一例外》的内部交流手册，修改为现在的版本正式出版。

写书创作也是一种劳动。

我为自己能在这样具有特殊意义的纪念日子里，有机会辛勤劳动、尽情地书写创作而倍感自豪与感恩不已，并且希望为全天下从事各项劳作的人们放声高歌：劳动是光荣的，劳动着的人们是美丽的！

人，既然来到这个世上，就总有离开这个世上的一天，来来去去，如来是也，无一例外。剩下的仅有过程，而且不知长短，从一出生开始，都在期望"期颐"之人生，"期颐之年"，也就是100年，人生之短暂，快而又快，故曰：如白驹过隙也！也就是不过一眨眼的工夫，说没也就没了！

于是，我想到了曹雪芹先生在其名著《红楼梦》中，借跛足道人之口唱出的《好了歌》：

> 世人只晓神仙好，唯有功名忘不了。
> 古今将相在何方，荒塚一堆草没了。
> 世人只晓神仙好，只有金钱忘不了。
> 终朝只嫌聚无多，待等多时人没了。
> 世人只晓神仙好，只有娇妻忘不了。
> 君生夜夜诉恩情，君死又随人去了。
> 世人只晓神仙好，唯有儿孙忘不了，
> 痴心父母古来多，孝顺儿孙谁见了。

真实精辟的人生分析，真是令人折服。难怪那么多人，都是所谓的"红学"研究者。可后来呢？清者自清，贪图无厌者却大有人在，而且是越演越烈，害人害己，现在揪出的任何一个贪赃枉法者，有哪一个不是患有"健忘症"呢？

所以啊，他们根本就没有沉下心来，把浮躁和浮华去一去，再去好好读读《红楼梦》中的甄士隐，是怎么针对《好了歌》而又唱出《好了歌注》的：

> 陋室空堂，当年笏满床；
> 衰草枯杨，曾为歌舞场。
> 蛛丝儿结满雕梁，
> 绿纱今又糊在蓬窗上。

说什么脂正浓，粉正香，

如何两鬓又成霜？

昨日黄土陇头送白骨，

今宵红灯帐底卧鸳鸯。

金满箱，

银满箱，

展眼乞丐人皆谤。

正叹他人命不长，

哪知自己归来丧！

训有方，保不定日后作强梁，

择膏粱，谁承望流落在烟花巷！

因嫌纱帽小，

致使锁枷扛。

昨怜破袄寒，

今嫌紫蟒长。

乱哄哄，

你方唱罢我登场，

反认他乡是故乡；

甚荒唐，

到头来都是为他人作嫁衣裳！

　　好一个曹雪芹先生，无愧于大家大师的思维风范，读罢数遍，其义自现，好生了得，令世人受益匪浅！

　　50个月时间，人生中的1500天眨眼之间就到，应倍加珍惜光阴所赋予我的使命与担当。同时，我也开智展望花甲之年后的新的人生，散步是必须的，但是不能整天无所事事地满街溜达，既然苍天赋予我美好的晚景，我何不徜徉其中，自娱自乐，慢慢读读书，好好看看电影，写写杂文心得，出版几本小书，拍摄大海河山，记录人间实相，排遣经年浊气，养我浩然之身心，这不就是最好最美的人生期盼吗！

其实，打从学生时代起，我就有一个习惯，无论忙闲，天天写日记，时时做文摘，哪怕是一句话，一个新词，一段新诗，一天的流水账，也会让我有所积累，有所收获，古人云：吾日三省吾身。我已坚持了半个世纪，成为人生不可或缺的一部分了，只可谓：笨鸟先飞。谁让咱天生就不是聪明透顶的先知，更不是投机取巧的滑头呢！所以，我从小就养成了背手思考的习惯，在八大关太平角故乡，也就从小就有人赠我一个远近闻名雅号"小老头"！久而久之，我也就成了今天这样驼背含胸，年近花甲的真的"小老头"了。

不是说笑，"小老头"也好，"警卫员"也好，恰恰说明了我的特点，凡事喜欢分析思考，这就为成年以后的新闻记者生涯，打下了基础。

大音希声，大象无形，又何须太多的言语表达呢，这就是人与至亲的感情所在！

试想一个人，如果把带给你生命的、自己的生身父母，都不热爱，都不管不顾，都不顺不孝，他或她，还会去爱祖国、爱人民、爱家庭、爱朋友吗？如果他或她，只爱金钱和财产，只顾自己的私利与享乐，他们还有人品、人格、人性的存在吗？他们还有一点点的人味吗？他们的人生就幸福了吗？他们的人生就能够凌驾于万物之上，称霸宇宙吗？他们的人生就有生机有意义吗?

自私和不知满足的欲望,是人生悲剧的开端,也是人生终结的万恶深渊!

所以,人之一生,首先要学习珍惜,要懂得感恩,要勤奋工作,要好好生活,好好做人。

因此,我的这本杂文集用四个主题串联,分别是人品、人格、人性、人生。

2021年3月18日凌晨4点27分

子实于青岛逍遥轩东窗书屋

图书在版编目（CIP）数据

无一例外／鄢敬诚著．—青岛: 中国海洋大学出版社，2021.7

ISBN 978-7-5670-2869-2

Ⅰ.①无… Ⅱ.①鄢… Ⅲ.①中国文学－当代文学－作品综合集 Ⅳ.① I217.2

中国版本图书馆 CIP 数据核字（2021）第 133043 号

出版发行	中国海洋大学出版社
社　　址	青岛市香港东路 23 号　　邮政编码　266071
网　　址	http://pub.ouc.edu.cn
出 版 人	杨立敏
责任编辑	邹伟真
本书摄影	鄢敬诚
电　　话	0532-85902533
电子信箱	zwz_qingdao@sina.com
印　　制	青岛国彩印刷股份有限公司
版　　次	2021 年 7 月第 1 版
印　　次	2021 年 7 月第 1 次印刷
成品尺寸	145 mm×210 mm
印　　张	8
字　　数	166 千
印　　数	1-500
定　　价	56.00 元
订购电话	0532-82032573（传真）